RIENDAS Y LISTONES

VAQUEROS DEL RANCHO LENOX - 3

VANESSA VALE

Derechos de Autor © 2020 por Vanessa Vale

Este trabajo es pura ficción. Los nombres, personajes, lugares e incidentes son producto de la imaginación de la autora y usados con fines ficticios. Cualquier semejanza con personas vivas o muertas, empresas y compañías, eventos o lugares es total coincidencia.

Todos los derechos reservados.

Ninguna parte de este libro deberá ser reproducido de ninguna forma o por ningún medio electrónico o mecánico, incluyendo sistemas de almacenamiento y retiro de información sin el consentimiento de la autora, a excepción del uso de citas breves en una revisión del libro.

Diseño de la Portada: Bridger Media

Imagen de la Portada: Wander Aguiar Photography; Deposit Photos: tampatra

1

El interior de la carreta me sofocaba mientras esperaba por otro pasajero. Me abaniqué con la mano, pues el calor de agosto no disminuía con la sombra que me ofrecía el techo. El único alivio llegó con la brisa que se levantó una vez que los caballos empezaron a moverse. Aparentemente iba a cabalgar hasta Carver Junction sin compañía, y me parecía bien. Las solapas de cuero de las ventanas estaban enrolladas hacia arriba y el viento refrescaba mi piel húmeda. Como el sudor corría entre mis senos, desabroché unos cuantos botones en la parte superior de mi blusa y solo esa pequeña parte descubierta me alivió. Luego tiré de mi larga falda y la puse sobre mis rodillas. ¡Ah, qué felicidad! Me sentía más fresca así. No era muy modesto ni era un acto de una dama, pero nadie podía verme.

Nos habíamos movido por menos de un minuto y la carreta se detuvo bruscamente, me habría resbalado al piso sucio si no hubiera tenido apoyado mi pie en el asiento del banco de enfrente. Un hombre apareció en la ventana.

—Señorita Lenox. ¡Qué sorpresa! —dijo la voz. Con el sol detrás, el rostro del hombre quedó ensombrecido bajo el borde de su sombrero y no podía saber de quién se trataba, pero *conocía* esa voz. El vello de mi nuca se erizó con el tono áspero.

Me di cuenta de que aunque yo no pudiera verlo, él ciertamente podía verme a mí. Mortificada, acomodé el dobladillo de mi falda hacia abajo y empecé a manipular los botones abiertos de mi cuello.

La puerta se abrió y él subió, doblando su gran altura para no golpearse la cabeza. Luego de quitarse el sombrero, me miró con una amplia sonrisa en el rostro.

—No es necesario que te acomodes por mí. Te aseguro que disfrutaré mucho más del viaje si no lo haces.

La boca se me cayó al reconocer a Garrison Lee. ¿Qué hacía *él* aquí? Cuando se lo pregunté exactamente, levantó su frente ante mi tono poco conciliador y luego se acomodó enfrente de mí. La carreta se puso en movimiento.

—Voy para Carver Junction al igual que tú, caramelo —respondió.

—Sí, pero *¿por qué?* —dije con agitación. Aunque el solo hecho de verlo tenía a mi corazón galopando más rápido que los caballos que tiraban de la carreta. Garrison iba a arruinarlo todo.

—Debo ver a un hombre por la compra de un caballo.

No le creí ese motivo ni por un minuto.

—¿De verdad?

—Voy a tomar la carreta allá y con suerte, si estoy satisfecho, montaré al animal de regreso a casa. Parece como si dudaras de mí. —Fruncí los labios—. Pero tengo un rancho de caballos.

Sus rodillas chocaron contra las mías cuando la carreta se hundió en un bache profundo. Me moví para que no nos tocáramos, con el pretexto de acomodarnos para nuestro viaje. Sonrió por mi actitud y odié que se le formara ese hoyuelo en su mejilla derecha. ¿Cómo podía ser tan guapo, tan irresistiblemente atractivo si a la vez quería lanzarme sobre él y estrangularlo?

Un pliegue se marcaba en su cabello en donde había estado el sombrero, y quise pasar mis dedos por los mechones oscuros para quitarlo, luego deslizar mis manos por sus mejillas para sentir la rusticidad de sus bigotes. Garrison había entrenado mi cuerpo para que respondiera a su presencia, a su voz, incluso a su aroma masculino. Nos habíamos besado —oh, sí que nos habíamos besado— y habíamos hecho otras cosas indecorosas en los pocos meses en que me estuvo visitando. Tan solo pensarlo me hacía sentir calor por todas partes.

También quería darle una patada en la pierna por interferir en mis planes.

—Nunca mencionaste que te irías de viaje cuando nos vimos la otra noche —contestó.

—No vi la razón —dije con un suspiro.

—Tenía mi lengua dentro de tu boca y mi mano en tu seno. Eso me da una razón, caramelo.

—*No* soy tu caramelo —solté. La brisa aflojó uno de mis rizos de las pinzas y me lo quité de la cara—. Y tu mano no estaba en mi seno, estaba en mi vestido.

Habíamos estado coqueteando desde la primavera, aunque nos conocíamos desde el salón de clases. Incluso Garrison me había pedido que me casara con él hacía poco, pero lo rechacé rápidamente. No se alejó como esperaba, sino que continuó insistiendo con más energía que antes. Incluso con mi respuesta negativa, me besó... y yo lo dejé. Con cada visita, con cada paseo a caballo, me pedía matrimonio y me besaba un poco más... y yo se lo permitía una y otra vez. También había puesto sus manos sobre mí, aunque solo sobre mi vestido. Puede que yo pretendiera que no tenía importancia, pero Garrison lo era todo. Su tacto, sus atenciones, su interés inquebrantable era lo que me hacía suspirar. Tan solo no podía dejar que lo supiera.

—¿Estaremos solos por las próximas dos horas y tú quieres discutir sobre la posición de una mano? —Se deslizó por el asiento un centímetro o dos, acomodándose, y sus piernas se abrieron, probablemente tratando de ganar comodidad en el espacio reducido—. Se me ocurren maneras más agradables de pasar el tiempo.

—No estamos casados, Garrison.

Suspiró.

—He intentado, en tres ocasiones, arreglar eso. Tú sabes muy bien que no te follaré hasta que estemos casados. Pero *no* significa que no podamos jugar un poco.

Fruncí los labios, y debajo de mi corsé, mis pezones se endurecieron.

—¿Por qué vas a ir a Carver Junction? —insistió—. ¿Vas a ver a un hombre?

Mis ojos se abrieron de par en par. No había considerado qué podría pensar *él* sobre el motivo de mi viaje.

—No. —Bueno, más o menos. Yo iba, de hecho, a jugar al póquer y en todos los juegos, hasta el día de hoy, era la única mujer. Nadie en casa tenía que enterarse de mis actividades clandestinas y tampoco Garrison—. Voy a visitar a mi amiga Opal. Pasaré la noche allí y regresaré mañana.

—¿Por qué nunca he escuchado hablar de ella?

—Yo no te cuento todo, Garrison —solté.

—Soy muy consciente de eso —murmuró—. Es la razón por la cual te lo estoy preguntando ahora. ¿Cuál es su apellido?

—Banks. —Fue el primer nombre que se me vino a la mente.

Me observó, pero yo era una experta en mentir. Garrison, sin embargo, parecía ser el único hombre capaz de ver la realidad. También era el único hombre a quien podía amar, pero jamás se lo diría. Nunca se lo demostraría tampoco, porque justo entonces descubriría mi verdadera personalidad. Detrás de todas las discusiones y bromas, yo libraba mis propias batallas. Me dolía, pero una vez que descubriera la verdad, no me querría más. Prefería al menos tener a Garrison así, gruñón, que de ninguna forma. Respiré profundamente e incliné mi barbilla hacia arriba.

—¿Tu amiga te recibirá cuando llegues en la carreta?

Me encogí de hombros y tiré de mi manga.

—Quizás, pero si no, el camino a su casa es corto.

—¿La señorita Trudy te permitió viajar sin compañía?

La señorita Trudy era una de mis madres adoptivas, quien junto a su hermana Esther, me había adoptado, a mí y a otras siete niñas que quedamos huérfanas después del Gran Incendio de Chicago. Nos mudamos al Oeste como una familia y nos instalamos para hacer vida de rancho. Después de haber sido dueñas de un burdel en Chicago, ambas mujeres encontraron consuelo y paz en el Territorio de Montana. Sin embargo, yo únicamente quería escapar de la vida tranquila y rural y marcharme a la gran ciudad, donde las ganancias de mis juegos de póquer me darían el sustento necesario. Desafortunadamente, Garrison estaba estropeando mi plan, en más de una manera.

—Por supuesto. Es solo una parada.

Suspiró profundamente y luego se pasó la mano por la cara.

—Eres la persona más irritante que he conocido. No sé por qué no te has casado conmigo.

—Te conozco desde que tenía cinco años. Nos odiamos desde aquel fatídico momento en que me tiraste nieve en el abrigo —me quejé y Garrison se encogió de hombros.

—Es que quería llamar tu atención.

—Tenía *cinco* años. Tú eras mucho mayor. —Lo señalé con el dedo—. Deberías haber sido amable.

—¿Amable? Pusiste barro en mi chocolate caliente. —Frunció el ceño y luego se rio del recuerdo.

Recordaba eso. Lo hice porque quería llamar *su* atención. Mirando hacia atrás, la bola de nieve fue la respuesta típica de un niño de once años.

—Sumergiste mis trenzas en tinta —le dije, incitándolo a continuar con sus indiscreciones.

Nuestra historia no había sido de amistad, sino más bien de rivalidad, con una travesura infantil tras otra, pero las cosas fueron cambiando a medida que crecíamos.

Fue su turno de agregar otra.

—Le dijiste a Esther Marin que me gustaba cuando ella tenía quince años.

—¿Y qué?

—¡Yo tenía veintidós años! Nunca perdería el tiempo con una chica de esa edad.

Yo también tenía quince años en ese momento, y tampoco había perdido el tiempo conmigo. Solo me guiñaba el ojo una o dos veces para hacerme enfadar. Ahora, sin embargo, ya no era una niña y anhelaba sus atenciones, incluso cuando lo alejaba.

—Bueno, tú le gustabas —le contesté malhumoradamente.

—¡Ella es bizca!

Suspiré.

—Necesitaba toda la ayuda que pudiera conseguir.

—Está casada con Herbert Barnes y tiene dos hijos. No es quien necesite ayuda.

Entrecerré los ojos ante su ironía, pues yo tenía veintidós años y seguía soltera.

—¡Me cortaste la parte de atrás de la falda para que

se me vieran las bragas! ¡Me avergonzaste ante todos los chicos del pueblo!

—Ese es un recuerdo que nunca olvidaré. Me gustó el borde de encaje. —dijo y me hizo un guiño. Gruñí. No pude mostrar mi cara en el pueblo durante un mes después de ese incidente—. Si te arruinó para todos esos *chicos*, entonces bien. —Asintió con la cabeza—. Logré mi objetivo.

Fruncí el ceño.

—¿Qué se supone que significa eso?

Ignoró mi pregunta y se acarició la mandíbula con los dedos.

—Que a pesar de todo, me besaste en el guardarropas durante el baile de otoño.

—Tú me desafiaste. —Crucé los brazos sobre mi pecho y su mirada cayó a mi busto.

—Y mira lo que conseguí —protestó—. Una mujer que se niega a casarse conmigo.

Estuvimos en silencio durante unos minutos mientras Garrison observaba la pradera a través de la ventana abierta. Miré su perfil, su frente fuerte, su mandíbula cuadrada y su cabello oscuro y rebelde. Él era una vista mucho mejor.

—¿Dónde conociste a Opal? —me preguntó.

Era como un perro con un hueso, no se rendía. Teníamos que llegar a Carver Junction o debía dirigir sus pensamientos a otra parte. Si bien era una mentirosa hábil, no era lo suficientemente buena para soportar su escrutinio durante el resto del viaje.

—Tienes razón. ¿Por qué discutir cuando podríamos estar haciendo cosas mucho más placenteras? —insinué. Eso llamó su atención y giró la cabeza para mirarme—. Me dijiste que no lo harías... um, bueno... —Miré mi regazo y luego de vuelta a él entrecerrando mis pestañas—. Dijiste que no me follarías a menos que estuviésemos casados.

Al pronunciar esa palabra grosera, ciertamente alejé sus pensamientos de la Opal Banks inexistente. Nunca había dicho esa palabra antes y la sorpresa se notaba en el rostro de Garrison. El gesto cambió rápidamente y su mirada se volvió oscura al recorrer mi cuerpo. Se lamió los labios y bajó los párpados. Había algo casi... caliente en esa mirada.

—Así es —contestó, con una voz mucho más profunda que la de hacía unos minutos.

—¿Qué *me harías* exactamente?

Negó con la cabeza muy lentamente.

—No eres mía, caramelo. Todavía. No te haría nada. —Cuando fruncí el ceño, continuó—. Te lo harías a ti misma.

Mis ojos se abrieron con sorpresa y sentí cómo mi núcleo de mujer se relajaba y dolía.

—Puedo decir, por la mirada en tu rostro, que sabes exactamente de lo que estoy hablando. —Garrison se inclinó hacia adelante y colocó los antebrazos sobre sus muslos. Estaba lo suficientemente cerca como para que yo pudiera levantar mi mano y tomar su barbilla, pero apreté mis manos para resistir la tentación—. Saber que juegas con tu coño me pone duro, caramelo.

¿Duro? Estaba duro... ¡Oh!

—Tú... quieres decir... —Asintió—. No eres un caballero —acusé, pero seguía decididamente excitada.

—No querrás que sea un caballero cuando se trate de follar. Levántate para que puedas sacarte la falda.

La brisa no me libró de la transpiración que cubría mi frente. Unos rizos sueltos se habían adherido a mi piel y me mordí el labio mientras consideraba sus palabras. Nos habíamos besado, aunque inocentemente, y él me había acariciado. Mi virtud estaría hecha trizas si nos hubieran atrapado, pero tenía la sospecha de que esto no era nada que ninguna otra pareja de novios no hiciera también. Aunque no había aceptado la propuesta de matrimonio de Garrison, él se había tomado las libertades como si lo hubiera hecho, como si supiera que finalmente cedería. Quizás trataba de persuadirme con acciones en lugar de palabras. Asumía que le estaba funcionando si consideraba la forma en que me hacía sentir, tan perdida en mi propio deseo que solo con besarme y tener sus manos sobre mí, quería saber cómo sería cuando realmente se acostara conmigo.

Pero ahora... sus instrucciones eran ilícitas. ¿Deseaba seguir sus órdenes?

Sí, sí quería. Quería sentirme bien. Quería olvidarlo todo y someterme a su voz, a sus órdenes. La privacidad que proporcionaba la carreta era el lugar perfecto. No íbamos a ser interrumpidos... o atrapados.

Me incliné hacia adelante de modo que mis muslos se separaron del asiento y me subí la falda para que ya no estuviera debajo de mí. Me senté de nuevo con mis bragas sobre la madera dura y la parte posterior de mi falda arremolinada alrededor de mi cintura, aunque continuaba cubriendo mi mitad inferior. Una vez acomodada, miré a Garrison a los ojos una vez más.

Sonrió e hizo a parecer su hoyuelo.

—Buena chica —dijo con la boca abierta y jadeando. Yo ardía, pero ya no era por las temperaturas calurosas del verano.

—Juega contigo. Ya sabes cómo hacerlo, ¿no? —Se inclinó hacia atrás y apoyó la bota en el borde de mi asiento.

Me metí debajo de mi falda y luego separé mis piernas para poder tocarme entre ambas. Miré hacia el piso mientras sentía mis bragas húmedas y adheridas a mi carne caliente. Mis pliegues eran fácilmente perceptibles en mis dedos. Aunque había hecho esto bajo el manto de la oscuridad, *nunca* lo había hecho con alguien más que me mirara, y ni siquiera lo había considerado posible. No tenía idea de que fuera excitante para un hombre ver a una mujer cuando se tocaba de esta manera, pero la mandíbula de Garrison se apretó fuertemente y sus manos se apoyaron en el asiento. Debajo de la parte delantera de sus pantalones, un bulto muy pronunciado mostraba que estaba realmente... *duro*.

Oh, Dios mío.

—Mírame mientras te haces correr. Quiero ver tu placer.

Me toqué atrevidamente al encontrar ese lugar que era la fuente de todo mi deseo. Puse dos dedos en círculo para hacer movimientos alrededor y mi cabeza cayó hacia atrás contra el duro revestimiento. Mirar a Garrison a los ojos aumentó mi deseo tan rápidamente que estaba a punto de correrme. Mis ojos se abrieron y grité.

—¡Garrison!

El calor invadía su mirada.

—He anhelado escucharte decir mi nombre así. ¿Ya estás lista para correrte?

Asentí, con mis dedos moviéndose más rápido.

—Sí —susurré.

—Te excitas tan fácilmente —murmuró—. Tan deseosa. Córrete para mí.

Tal vez fue el tono oscuro de su voz. Tal vez fue la ilicitud de hacer algo tan carnal mientras Garrison me miraba. Tal vez fue porque, aunque estábamos solos, estaba al descubierto y expuesta. La razón no importaba, solo respondí a su orden y me corrí deliciosamente duro. Grité y arqueé la espalda mientras el placer seguía y seguía. Garrison me canturreaba palabras, aunque estaba demasiado perdida para discernir qué decía. Solo sabía que *nunca* había sido así antes. Mis dedos de las manos y de los pies, incluso las puntas de las orejas, hormigueaban.

Garrison sacó un pañuelo de su bolsillo y extendió los brazos.

—Ven aquí, caramelo.

Su voz suave y tierna era lo que necesitaba, porque me sentía vulnerable después de... eso.

Cerré la distancia entre nosotros y Garrison me bajó a su regazo. Me limpió el sudor de la frente y me recogió el cabello con un gesto muy dulce. Cogió mi mano en la suya, pero en vez de retenerla, la levantó para observar mis dedos brillantes. Jadeé ante la vista y traté de soltarme. En vez de dejarme ir, me chupó los dedos para tomarlos con su boca, y pasó de tierno a vulgar en un abrir y cerrar de ojos.

—Garrison —susurré. Nunca había visto algo tan carnal en mi vida.

—Dulce. Tan jodidamente dulce. No puedo esperar para poner mi boca en tu coño. ¿Te gustaría?

Asentí, mi boca permanecía abierta como si todavía estuviera tratando de recuperar el aliento.

Se encogió de hombros, y luego bajó nuestras manos unidas a mi regazo.

—Supongo que uno de estos días, tendrás que decir que sí y aceptar ser mi esposa.

Apoyé mi cabeza sobre su macizo pecho, saboreando su aroma limpio y picante mientras meditaba sus palabras. No podía casarme con él, porque no podía perder lo que compartíamos. Una vez que me conociera de verdad, no me querría más. No merecía estar atrapado conmigo como esposa. Por ahora, durante este breve tiempo en la carreta, solo podía ser feliz abrazada por él y saborear los restos de mi placer, pues una vez que llegáramos a Carver Junction, tendría que fortificar mis defensas contra él una vez más.

2

ARRISON

Dalia iba a llevarme al borde de la locura. No solo me alejaba y se negaba a cada una de mis propuestas de matrimonio, sino que me mentía de forma descarada e inexorable. No había ninguna Opal Banks, porque conocía a Dalia desde hacía tanto tiempo que sabía quiénes eras todas sus amigas. Diablos, *todos* nos conocíamos en un radio de ochenta kilómetros. Si hubiera una mujer soltera en ese rango, todos los solteros sabrían de su existencia.

Durante más de quince años, discutimos y peleamos, nos retamos y persuadimos y casi nos torturamos el uno al otro. Era verdad, le metí una bola de nieve en la parte delantera de su abrigo, pero incluso a la temprana edad de cinco años, Dalia era... diferente. Yo era un demonio —palabra de mi madre— y reconocí un espíritu afín en esa pequeña Dalia del tamaño de un duendecillo. Cuando crecimos, no quería simplemente molestarla. Quería besarla. Y para cuando cumplió quince años, ya tenía cuerpo de mujer, curvas exuberantes, cabello grueso y oscuro, y la piel tan pálida y cremosa que se parecía a la leche. Pero yo era bastante mayor para ella y me alejé para darle tiempo a que creciera.

¿Con eso dejó de molestarme? No. Mi falta de atención solo pareció incitarla a hacer payasadas más extravagantes, incluyendo la hazaña con Esther Marin. Aunque esa chica no era tan sencilla como pensaba que era, era Dalia a quien quería. Nadie más se comparaba a ella. Y todos estos años después, Dalia seguía siendo la indicada para mí.

Desafortunadamente, tenía que lograr que ella me viera bajo la misma luz. Después de cortejarla durante varios meses, ya conocía mis intenciones, conocía mi atracción hacia ella, incluso le mostré hasta dónde quería avanzar. *Quería* follarla de todas las maneras posibles, tenerla debajo de mí —o sobre mí— y mostrarle cómo podría ser algo entre nosotros.

Dalia era apasionada, no tenía ninguna duda. Saboreé la prueba de ello en mi lengua.

Sin embargo, mientras me cogía de la camisa para acercarme y darme un beso, también me alejaba con rechazo y comentarios banales. Escondía algo. Me rechazaba por *algo*. Cuando su cuñado, Jackson, me contó que Dalia iba a Carver Junction, me pregunté por qué. El motivo que le dio a él fue el mismo que mencionó en la carreta, pero yo podía ver más allá de su mentira. Era muy hábil para el engaño y no me ofrecía ninguna razón verdadera para dudar de sus palabras, pero no todo el mundo la conocía como yo. No todo el mundo podía ver más allá del cuento y verla... ver a *ella*.

Pero, conociendo a Dalia como la conocía, sabía que no podía presionarla. Me encantaría arrojarla sobre mis rodillas y darle azotes hasta sacarle la verdad, pero no era mía. No podía controlarla sin reclamarla. Una vez que fuera mía, una vez que estuviéramos legalmente casados, con toda seguridad aprendería todos sus secretos por medio de cualquier método motivacional necesario. Por ahora, solo podía cuidarla y protegerla, probablemente de sí misma.

Cuando la ayudé a bajarse de la carreta y no había ninguna Opal Banks que estuviera esperándola, incliné mi sombrero hacia ella y me marché. Recorrí la primera cuadra, pero luego me di vuelta y la seguí. Dalia estaba en Carver Junction por alguna razón y yo iba a descubrir cuál era.

Esa noche, mis dedos morían por sujetarla, arrojarla sobre mi hombro y sacarla de la cantina. Dalia no pertenecía a un lugar tan sucio y peligroso. ¿Por qué demonios había entrado allí? Eso hizo que se me revolviera el estómago y que mi ira se encendiera ante su total desprecio por su seguridad personal. ¿Acaso vio a los hombres que la habían seguido y susurraban las intenciones crudas que tenían hacia ella? Quería aplastarles la cara por hablar así, pero entonces Dalia habría descubierto que yo era su sombra, abandonaría sus planes y nunca sabría qué era lo que iba a hacer.

¿Se había metido en algo siniestro? ¿Le debía dinero a alguien? ¿Había encontrado a un hombre que la estaba chantajeando? ¿Tenía un novio? Me recosté en la barandilla del exterior de la cantina y dudé de lo último. Dalia sentía por mí lo mismo que yo por ella, estaba seguro de eso. La forma en que se acomodó en mi regazo, con sus manos aferradas a mí fue todo lo que necesitaba.

El interior de la cantina estaba iluminado y podía verla claramente en la mesa con otros tres caballeros. Una de las chicas de arriba, apenas vestida con medias y corsé, se inclinó sobre los hombros de un hombre. Había una botella de whisky en medio de la mesa y por lo que sabía...

¡Santo cielo! ¡Dalia iba a jugar póquer!

El hombre a su izquierda barajó las cartas y repartió.

El bajo sonido de la música de piano se desvanecía cada vez que la puerta se abría y se cerraba. No había mucha gente adentro, pero todos los hombres del lugar vigilaban a la dama que jugaba póquer. Llevaba la misma falda y blusa que antes e, incluso de espaldas, se veía tan puritana y correcta en comparación con la chica obscena que observaba, muy probablemente, qué hombre se hacía con el montón de dinero.

Las cartas se voltearon sobre la mesa, cartas nuevas se repartieron. Unas monedas se lanzaron al centro. El hombre a la derecha de Dalia ganó el primer juego. Otra vez las cartas se barajaron y se repartieron. Distintas manos hicieron sus jugadas. Y Dalia perdió en tres juegos, pero no se movió de su asiento mientras mantenía su espalda rígida y erguida.

¿Qué estaba haciendo? Estos hombres no habrían permitido que cualquier dama jugara a las cartas. Bueno, tal vez la hubieran aceptado si tuviera suficiente dinero. ¿Pero Dalia lo tenía? No podía saberlo desde donde me encontraba. Una partida nueva comenzó. Esta vez Dalia ganó. Vi cómo arrastraba su ganancia del centro de la mesa.

Un hombre tomó un trago de whisky. Otro encendió un cigarro. *Ellos* se movían en sus sillas, su descontento por ser superados por una mujer era evidente. Eso solo se intensificó cuando Dalia ganó las siguientes tres manos. El hombre que estaba frente a ella tiró sus cartas con frustración, se puso de pie y tiró su silla. Antes de retirarse con la chica indecente, le dijo algo a Dalia, y supuse que no fue agradable, pero ella ni siquiera se estremeció. Si iba a seguir ganándoles, los hombres estarían cada vez menos contentos, especialmente si seguían bebiendo.

Era hora de dar a conocer mi presencia. Jugar póquer no era para una mujer como un encuentro secreto con un hombre. Demonios, casi deseaba que fuera el caso porque podría darle un puñetazo en la cara al tío y terminar con el asunto. Este... juego era lo que Dalia ocultaba y yo iba a tener que protegerla de sí misma.

Entré, fui al bar y me pedí un whisky. Me lo llevé hasta el lugar vacante en la mesa.

—Me uno al juego —dije sin preguntar. Solo lo anuncié. Me senté y puse unos billetes en el centro.

Miré a Dalia, quien tenía los ojos muy abiertos y la boca desencajada. Tenía la sensación de que era el primer desliz en su compostura en toda la noche. No me extrañaba que fuera tan buena para mentir. Podía fanfarronear como la jugadora de póquer que era.

—Repartan. —Puse más dinero en el medio, los otros me siguieron.

Con manos delicadas, Dalia barajó las cartas con una habilidad sorprendente. ¿Cuándo demonios había aprendido el juego? Repartió las cartas y luego colocó una carta delante de ella.

El hombre a su derecha le pidió dos cartas. Dalia se las dio. Yo pedí una, el hombre a su izquierda pidió otra. Ella tomó una también.

Todos las levantaron.

Una doblada. Otra pedida.

Mostramos nuestras manos. Yo tenía dos de un tipo, el otro uno seguido. Dalia tenía *full house* y una vez más, arrastró el dinero hacia sí. Su pila era mucho más grande que las otras.

Estaba en su salsa, exudando una confianza y una seguridad que nunca antes había visto. Aunque no tenía ni una pizca de timidez en su cuerpo, nunca fue demasiado aventurera, pero lo que hacía aquí lindaba con el peligro. Y como si fuera poco, nunca la había visto tan hermosa. Limpia y fresca y tan perfecta, parecía un ángel dentro de la sucia cantina.

Demonios, no era una santa, estaba *apostando* en secreto, en un pueblo lejano y en una sala llena de hombres extraños. Para mí, sin embargo, *era* perfecta. Saber que su mente era tan astuta, que había tramado este plan y lo había llevado a cabo, hasta con éxito si suponía bien, me tenía tan impresionado como estaba enamorado de ella. Pero solo le diría lo orgulloso que me sentía después de castigarla por ser tan insolente y negligente. Y deseaba que llegara ese momento.

El juego continuó por unas cuantas manos más y

aprendí su estrategia, aprendí su técnica. Supe cuándo perdía intencionalmente para apaciguar los egos masculinos, que serían su perdición, pues los hombres jugaban para ganar. Yo, sin embargo, jugaba para aprender más sobre Dalia. El dinero que perdía no tenía importancia. El verdadero premio era saber la verdad, de una vez por todas. Pero ya era hora de cambiar los planes de Dalia, así que dejé de perder. Una mano tras otra, la pila que tenía ante ella emigró lentamente hacia mí.

—Bueno, señorita, parece que finalmente ha encontrado a su rival —dijo uno de los otros hombres.

Dalia frunció los labios y entrecerró los ojos, indudablemente apelaba a toda su moderación para no darme una reprimenda verbal —lo cual tenía algo de atractivo— o saltar sobre la mesa y estrangularme.

—¿Lo has hecho, caramelo? ¿Conociste a tu rival? —le pregunté con voz baja y calmada, también le guiñé un ojo.

Mientras sus mejillas se ponían rosadas, permaneció en silencio.

—¿Suele ser así de tranquila? —le pregunté a los otros hombres.

Uno se encogió de hombros.

—Lo ha sido esta noche, por ahora.

—¿Nunca antes habían jugado con ella? —Barajé las cartas y ellos negaron con sus cabezas—. ¿Cómo te llamas, caramelo? —Seguramente no decía su verdadero nombre.

—Me llamo Opal —dijo con dientes apretados.

—¿Opal Banks? —le pregunté—. He escuchado hablar de ti. —Vi la comisura de su boca levantarse, pero Dalia respiró profundamente y recogió las cartas que repartí—. ¿Andas limpiando las mesas de póquer en toda la zona?

Un hombre asintió mientras exhalaba una gran bocanada de humo de cigarro.

—Escuché en Shelby que venció al alguacil y al médico del pueblo —dijo.

—Suficiente botín para comprar un rancho —añadió el otro.

—De verdad, caballeros... —los reprendió Dalia mientras recogía otra carta. Jugaba lentamente para que la conversación continuara—. Lo próximo que dirán es que llegué a la ciudad en un unicornio mítico.

Los hombres hicieron sus juegos. Dalia siguió el ejemplo, pero no tenía nada más que añadir. Miramos nuestras cartas y luego repartí otras nuevas cuando fue necesario. Sorprendentemente, ambos hombres se retiraron y la partida se redujo a Dalia y a mí. Yo elevé la apuesta.

—Parece que no tiene suficiente, señorita *Banks* —la provoqué—. Tal vez el nombre Banks no sea tan apropiado después de todo.

Los otros hombres se rieron y Dalia entrecerró los ojos.

—¿Aceptaría otra cosa como apuesta? —Se desabrochó uno de sus zarcillos y lo tiró al centro.

Negué con la cabeza.

—Yo no uso zarcillos. Sin embargo, estaría abierto a otra oferta.

Me miró con suspicacia y traté de no sonreír.

—¿Eh? —preguntó, levantando la barbilla.

Me rasqué la mandíbula y mis bigotes ásperos. Otra chica vulgar, al ver el montón de dinero delante de mí, se acercó, e incluso colocó una mano sobre mi hombro. Los ojos de Dalia se dirigieron a la mano de la mujer y se entrecerraron. Le hice señas para que se fuera y la mujer se marchó sin una pizca de desilusión.

—Si yo gano... —Dejé la frase en suspenso.

—¿Sí? —preguntó Dalia ahora impaciente. Golpeó la mano de cartas sobre la mesa, su primer signo de emoción hasta ahora.

Me incliné hacia adelante en mi silla, coloqué mis antebrazos en la mesa. Aunque había otros hombres alrededor, parecía que éramos los únicos en el salón.

—Si yo gano, te casas conmigo.

Escuché a los otros reírse y pedir más whisky, pero no aparté la mirada de Dalia, de su expresión asombrada.

—¿Casarme contigo? ¿Te volviste loco? —Cuando

no respondí, frunció los labios—. ¿Qué obtengo si yo gano?

Empujé la pila de monedas y billetes al centro de la mesa.

—Justo lo que viniste a buscar aquí.

Se mordió el labio.

—¿Eso es todo? ¿No dirás nada?

Negué con la cabeza lentamente, impresionado que le divirtiera que podía ganar. Estaba tan confiada que no consideró la seriedad de mis palabras. Descubriría dentro de poco lo serio que hablaba.

—No lo diré. Tu secreto está a salvo conmigo.

—O puedes casarte *conmigo* —dijo otro de los hombres.

Jugueteó con las cartas, ignorando al otro hombre mientras consideraba mis palabras.

—Vamos, *Opal* —dije, y luego le guiñé un ojo de nuevo—. Te reto.

3

PERDÍ. ¡Perdí! Y no tenía ni idea de cómo sucedió. Con las cartas repartidas al principio, tenía cuatro diamantes. Descartando el trébol, mantuve la compostura mientras Garrison me repartía una nueva carta. Otro diamante, lo que significaba que tenía una escalera. ¡Una escalera! No había mucho que pudiera superar eso. Estaba confiada en que no tendría que casarme con Garrison, me daría mis ganancias y guardaría mi secreto. Aliviada, dejé que la comisura de mi boca se elevara en una pequeña sonrisa mientras extendía mi mano en la mesa. Los hombres de alrededor silbaron y bromearon con Garrison sobre que me dejaría escapar.

De todas las veces en que tratamos de superarnos el uno al otro, esta era la última. Quizás de una vez por todas Garrison me vería como un adversario digno y se retiraría, y aunque estaba contenta, también sentía algo parecido a la tristeza.

Pero mi triunfo duró segundos, pues Garrison arrojó una flor imperial sobre la meda de madera marcada. No era una flor imperial alta, pero no importaba porque de todas formas él ganaba. Me quedé inmóvil mirando las cartas. Mi corazón se aceleró y mis manos se humedecieron con sudor. ¡Oh, querido Señor!

Los hombres saltaron y gritaron para que alguien trajera al alguacil. Por el más breve de los momentos pensé que sería arrestada, pero me di cuenta de que el hombre de la ley llevaría a cabo la ceremonia. No tenía ninguna duda de que Garrison me haría cumplir la apuesta, y yo hubiera esperado lo mismo de otros jugadores. Si quería volver a jugar póquer en el Territorio de Montana, tenía que cumplir con mi acuerdo de caballeros, aunque definitivamente yo *no* era un caballero. La noticia se esparciría rápidamente y probablemente me diera mala fama, no como la señorita jugadora de póquer, sino como la señorita jugadora de póquer que tuvo que casarse con su oponente.

Miré a Garrison entrecerrando mis pestañas. No se había movido, solo me miraba con una pequeña sonrisa en el rostro. Asumí que estaría lleno de satisfacción, pero en vez de eso se veía casi... tierno. Esto —casarse conmigo— era lo que siempre había querido. Estaba preparado para ello, así que el asunto no era solo una apuesta para él. Era un medio para alcanzar un fin.

—Anímate, caramelo. No todo es malo. Solo piensa que esta noche será tu noche de bodas.

Tragué saliva con fuerza por las imágenes que pintaban sus palabras, las cuales significaban que Garrison finalmente podría follarme. Había estado esperando la oportunidad, y yo también. Ya no tendría que tocarme a mí misma cuando pensara en Garrison. Pero también implicaba que me vería desnuda, vería mi verdadero yo, todo mi cuerpo, con mis cicatrices. Sería el principio del fin. Ningún hombre querría a una mujer cuya carne estuviera desagradablemente marcada, arrugada y rosada tras haberse quemado en un incendio de hacía mucho tiempo. Puede que quisiera follarme, puede que se pusiera duro cuando me besaba y me tocaba sobre el vestido, pero al igual que las putas que rodeaban la cantina en busca de negocios, la apariencia exterior era solo una fachada.

Los hombres del juego regresaron demasiado rápido con el alguacil. Garrison se puso de pie y estrechó la mano del anciano que tenía la colilla de un cigarro apagado apretado entre los labios.

—Cuando me llaman para que venga corriendo a la cantina, suele ser por algún tipo de pelea —dijo, subiéndose el cinturón y dándose tiempo para recobrar el aliento. Hablaba claramente, incluso con el cigarro en la boca—. Una boda no era algo que esperara. —Inclinó su sombrero delante de mí—. Señora.

Le di una pequeña sonrisa y me puse de pie cuando Garrison se acercó al respaldo de mi silla y la retiró. Luego tomó mi codo con su mano. No estaba segura de si lo hacía porque quería mantenerme cerca, porque me estaba reclamando, o para evitar que posiblemente me escapara.

—Escuché que había una mujer jugando póquer en la cantina, pero no sabía que sería una dama. Asumí que sería Belle o Lorelei... —Inclinó la cabeza hacia las mujeres que se habían sentado a la mesa durante el partido— quienes buscaban un poco de atención. Tengo que preguntar, señorita, si esta boda es lo que realmente quiere. Ningún *caballero* la obligará a cumplir ese compromiso.

Miró directamente a Garrison.

Incliné la barbilla hacia arriba. Estaba cuestionando el honor de Garrison. El hombre insinuó que Garrison no tenía ninguno si me obligaba a cumplir mi apuesta, pero *yo* sería menos que honorable si no lo hacía.

—Le aseguro, alguacil, que no estoy bajo presión —dije.

Sacó el cigarro de su boca, entrecerró los ojos y lo

consideró. Los hombres de la partida se pararon a cada lado de él.

—Muy bien —contestó finalmente—. Nombres, por favor.

Garrison me miró y le habló al hombre, pero no se giró. ¿Era esto lo que yo quería? ¿Era a *él* a quien yo quería? En el fondo saltaba de alegría. No había tenido que decirle que sí y me estaba casando con él por una mala mano de póquer, por nada más.

Cuando el alguacil se aclaró la garganta, animándome, le dije:

—Dalia Lenox.

—Pensé que tu nombre era Opal —dijo uno de los hombres, pero el alguacil habló por él.

—¿Acepta usted, Garrison Lee, a esta mujer como su esposa?

Me volví para mirar al alguacil. Se volvió a colocar el cigarro en la boca.

—Acepto —dijo Garrison. Su mano se deslizó por mi brazo, tomó mi mano y le dio un apretón rápido.

—¿Acepta usted, Dalia Lenox, a este hombre como su esposo?

Este era el momento en el cual no podía volver atrás. Podría tirar de mi mano y correr hacia la puerta. Probablemente Garrison no me seguiría y ni me traería de vuelta. Lo conocía lo suficiente como para saber que no me presionaría para que lo hiciera. Si me negaba, sentiría la vergüenza de mis acciones en los años venideros. Además, lo amaba y *sí quería* casarme con él. Así me rechazara después o no, si iba a sentir repulsión por mi cuerpo, no era algo que me pudiera preocupar en este momento. Llegaría pronto, pero por ahora, me gustaba el hecho de que Garrison me quisiera. Me amaba y se comprometía conmigo por el resto de su vida.

Por tan solo eso, dije:

—Acepto.

—Entonces los declaro marido y mujer. ¡Enhorabuena!

Al estrechar la mano libre de Garrison, me sorprendí de lo rápido que había sucedido todo. Tomó menos de un minuto y ya era una mujer casada.

—Señora —dijo el alguacil.

La música del piano sonaba más fuerte, junto a las voces y risas ruidosas. La neblina espesa del humo del cigarro irritaba mis ojos. Los hombres parecían más rústicos, las mujeres más vulgares. ¿Por qué no había notado nada de esto antes? ¿Por qué no me había dado cuenta de lo bien que se sentía tener a Garrison a mi lado?

—Ha sido un juego de cartas agradable, caballeros, pero entenderán si los dejamos —murmuró Garrison. Soltó mi mano y recogió sus ganancias, lanzando una moneda a cada uno de los hombres—. Por ser testigos de nuestra feliz unión.

Los hombres le dieron una palmada en la espalda

antes de ir al bar a gastar sus monedas. Garrison se volvió hacia mí y extendió su mano.

—¿Lista?

¿Estaba lista? ¿Lista para ser la señora de Garrison Lee? Ya no era Dalia Lenox y en poco tiempo, ya no sería virgen. La pregunta que persistía, que hizo que mi vientre se agitara, era cuánto tiempo pasaría hasta que descubriera mis cicatrices. Tendría que encontrar alguna forma de aplazarlo. ¿Podría yo, con mi completa falta de conocimiento de lo que hacen los hombres y mujeres, perder mi virginidad sin perder a mi esposo?

GARRISON

En todos los años que la conocía, Dalia nunca estuvo tan callada. En el corto camino al hotel, no dijo ni una palabra. ¿Se estaba arrepintiendo? ¿De verdad no deseaba casarse conmigo? Si lo hubiera dudado, no la habría mantenido en la apuesta, en el reto. Lo último que quería era tener a Dalia como una esposa reacia. Demonios, no la quería reacia; la quería de cualquier forma, menos así.

Fue cuando cerré la puerta del hotel y ella se acercó a mí y me besó, que supe rápidamente que tal vez me había equivocado. Cuando me quitó el sombrero y luego me pasó sus dedos por el cabello, supe que ciertamente lo había hecho. Me quedé allí, asombrado, ante el atrevimiento de Dalia. Aunque sabía que estaba lejos de ser dócil, tampoco esperaba que fuera tan atrevida. Quizás no era tan reacia como yo pensaba. Asumía que todas las vírgenes necesitaban un poco de persuasión para ir a la cama la primera vez, pero cuando su lengua se posó sobre mis labios cerrados, Dalia también demostró que esa suposición era errónea. Gruñí ante su audacia, sujeté sus caderas y la empujé hacia atrás.

Debí haber hecho lo que ella quería porque mi pene quería lo mismo —liberación rápida—pero no. Finalmente era mía. Me limpié la boca con el dorso de la mano y luego tomé un poco de aire para tranquilizarme. Uno de nosotros tenía que mantener el control.

—Dalia, tenemos toda la noche. Además, quiero ver cómo tu trasero se vuelve rosado por tu comportamiento imprudente.

—¿Mi...? ¿Me castigarías? —preguntó ella con los ojos bien abiertos.

Mi pene se presionó dolorosamente contra mis pantalones, pero tendría que sufrir un poco más.

—Alguien tiene que hacerlo porque fuiste a una maldita cantina a jugar póquer. Como tu esposo, ese trabajo ahora me corresponde a mí. —Me picaba la palma de la mano por voltearla sobre mis rodillas y hacerla entender lo imprudente que había sido su comportamiento. Solo Dios sabía cuánto tiempo había estado jugando a las cartas y solo Dios sabía a dónde había ido para hacerlo.

Negó con la cabeza. Sus labios estaban húmedos y de un color rosado brillante, sus senos subían y bajaban con cada una de sus respiraciones superficiales.

—No. Por favor, yo... te he esperado tanto tiempo. Te necesito. Necesito que... me folles.

Mi pene se endureció instantáneamente ante las palabras pronunciadas con una voz sin aliento. Tan solo escuchar la palabra "follar" de sus labios me llevó al borde de mi control.

—¿Crees que puedes distraerme de tu castigo?

Sonrió pícaramente.

—¿Está funcionando?

—Demonios, sí.

Colocando su mano alrededor de mi cuello, atrajo mi cabeza hasta la suya. A pesar de que ella había iniciado otro beso, me hice cargo rápidamente, inclinando su cabeza como yo quería para recorrer su boca. No era tímida. Era tan jodidamente atrevida. La empujé hacia mí para que nuestros cuerpos se tocaran y sus senos se presionaran contra mi pecho. Sentí la suave curva de sus caderas, el doloroso tirón de sus dedos en mi cabello. ¡Jesús, era salvaje!

También era una aprendiz ávida, aprendiendo

rápidamente a besar. Le había enseñado lo básico en las ocasiones en que pasamos unos momentos clandestinos juntos, pero esto... esto era algo totalmente distinto. Era como si estuviéramos voraces el uno por el otro. Hambrientos. Y no había razón para detenerse. Al diablo el castigo. Era mi esposa y podía besarla por el resto de mi vida. Mi pene tenía otras ideas para ella y cuando sus manos se movieron para desabrochar los botones de mi camisa, se movió en mis pantalones.

Respiraba con dificultad mientras besaba a lo largo de su barbilla, la delicada curva de su oreja. Le di un mordisco en el lóbulo y me rompió la camisa, los botones volaron.

¡Santo cielo, qué mujer ansiosa!

—He anhelado ver tu cuerpo —suspiró, con sus pequeñas manos recorriendo mi pecho y mi abdomen.

Siseé un poco con el contacto.

—Dalia. Puedes distraerme. Incluso puedes retrasar tu castigo, pero no significa que no vaya a suceder más tarde.

Alcanzando los botones de su blusa, desabroché uno, luego dos antes de que ella me quitara las manos de encima, antes de que alcanzara la hebilla de mi cinturón.

—Bien. Más tarde. Pero ahora quiero verlo.

Mis cejas se elevaron ante su atrevimiento. Unas manchas brillantes de color marcaban sus mejillas, sus labios estaban hinchados por mis atenciones y su aliento estaba tan acelerado como el mío.

—¿Quieres ver mi polla, caramelo? —Respiré profundamente y me deleité con mi nueva novia y su deseo. Quería mostrárselo, y definitivamente quería ver la mirada en su rostro cuando lo hiciera.

Asintió y se lamió los labios. Casi me vine en ese momento. ¿Por qué reprimirla de lo que su corazón deseaba con un castigo que podría recibir en otro momento?

—Muy bien, sácalo.

Me recosté contra la puerta, separando las piernas para darle un mejor acceso.

Con dedos temblorosos, desabrochó el cinturón y luego la cremallera de mis pantalones. Me miró brevemente antes de bajar la tela por mis caderas. Mi pene se liberó y ella respiró profundamente. Nunca había estado tan duro en mi vida.

Levantó una mano como si fuera a tocarlo y contuve la respiración con anticipación, pero ella la tiró hacia atrás como si tuviera miedo. Tomé su mano y la puse sobre mi gruesa longitud.

—Está bien. Puedes tocarlo —gruñí—. Sujétalo. Más fuerte.

Lo hizo.

—Está... goteando —dijo con asombro.

—Eso es por ti. Significa que estoy listo para follarte.

Sus ojos oscuros tan expresivos eran una ventana a su alma. Ahora veía deseo, curiosidad y un poco de temor, pero nada que no esperara en una virgen.

—Yo... quiero eso también. —Pasó su pulgar sobre la corona sensible, la esencia pegajosa allí facilitaba el camino. Estaba tan sensible que mis caderas se inclinaron hacia su mano.

—Entonces vamos a desnudarte.

Me miró brevemente antes de besarme de nuevo, la mano en mi pene comenzó a moverse a lo largo de mi longitud como si lo estuviera conociendo. Golpeaba mis sentidos y yo estaba a punto de perder el control. Quería que la primera vez con Dalia fuera gentil, que fuera lenta —un despertar— como se merecía una virgen. Pero, como siempre, ella no era como las demás mujeres y no debería esperar algo lento y manso.

Era sexy y salvaje. Una gata salvaje, una zorra, una sirena. Yo simplemente era un hombre y no podía hacer nada más que sucumbir.

—Lo estás haciendo difícil —suspiré contra su boca.

Sus dedos acariciaban mi longitud.

—¿Más difícil? —preguntó justo antes de que su lengua encontrara la mía.

Cuando me acerqué, respiré y dije:

—Lo estás haciendo difícil... difícil que sea gentil.

—No lo quiero gentil. Quiero que me folles.

—Jesús, ¡Dalia!

Por la forma en que su mano se movía de arriba abajo en mi pene, habría asumido que lo había hecho antes, o que al menos tuvo lecciones de Rose o Jacinta, sus hermanas casadas. No podía imaginarme a la tímida Jacinta ofreciéndole consejos a su hermana mucho más atrevida, así que quedaba Rose. No eran muy unidas, así que tuve que imaginar...

Un golpe perfecto hizo que mi mente quedara en blanco cuando mis necesidades más bajas se apoderaron de mí. Cogiendo los hombros a Dalia, la giré y la empujé contra la puerta.

—¿Quieres que te folle, caramelo?

Se lamió los labios y sus ojos suaves se nublaron por la excitación. Además de un beso, yo ni siquiera la había tocado todavía.

—Sí. Por favor —suplicó.

—Entonces veamos si estás lista para mí. No puedo ser gentil, Dalia. Me has empujado demasiado lejos.

Negó con la cabeza, un rizo cayó sobre su rostro, lo tomé y lo coloqué detrás de su oreja.

—No quiero que sea gentil.

Bajando la mano, tiré de su falda, levantándola lo suficiente como para encontrar sus bragas. Tiré de ellas hacia abajo, la cinta en su cintura no fue un impedimento para concretar mi deseo de finalmente tocar su vagina. Mis dedos se deslizaron a través de sus rizos sedosos y sobre su carne caliente. Sus pliegues estaban resbaladizos y los separé fácilmente para encontrar su muy duro clítoris.

—¡Garrison! —gritó mientras lo acariciaba despiadadamente.

—¿Te gusta así? —le pregunté. Mi voz era apenas reconocible, oscura y áspera. Ella me rebajó a lo más básico de un hombre. La necesitaba, necesitaba su cuerpo y me deleité en su deseo de querer lo mismo de mi parte. Encontré su entrada virgen e introduje un dedo.

Gritó y meneó sus caderas.

—Estás tan ajustada. Te voy a llenar con mi polla, Dalia.

Sumergí mi dedo y ella gritó, no de dolor, sino de placer.

—¡Sí! —jadeó. Debido a su deseo, a su desenfreno, agregué un segundo dedo, separándola y abriéndola, acostumbrando su cuerpo a sentirse lleno, pues mi polla era mucho más grande que mis dedos.

La follé con mi dedo hacia adentro y afuera mientras le besaba el cuello, lamiendo y chupando su piel tierna. Olía a aire fresco y a amanecer, pero el aroma embriagador y dulce de su excitación llenaba el aire. Sus caderas empezaron a temblar y profundicé aún más.

—Ahí está tu himen. Voy a tomarlo, Dalia. Ahora mismo con mis dedos, porque va a ser demasiado para ti con mi gran pene. Vas a montar mi pene mientras te follo contra esta puerta. Tú lo querías y yo te lo voy a dar.

Ella seguía diciendo "sí" una y otra vez mientras le susurraba, así que no titubeé cuando rompí su himen, rasgando ese tierno pedazo de carne que la hacía mía. Gritó y arqueó la espalda. La besé y me tragué su sonido que emitió al ser tomada tan profundamente. No cedí, no le di un respiro, porque estaba empapada con su necesidad era tan grande como la mía. Su respuesta al placer era tan grande como la mía. Ella quería esto. Me quería a mí.

Yo se lo iba a dar.

Liberé mis dedos resbaladizos y la tomé por detrás de su rodilla, levantándola para que mi polla se alineara con su coño chorreante.

—Rodéame con tus piernas —gruñí. Rápidamente hizo lo que le pedí y la cabeza de mi pene empujó su entrada. Con apenas un poco de control, me contuve.

—Dalia, mírame.

Abrió sus ojos lentamente.

—Buena chica. Eres mía, Dalia Lenox Lee. —Me introduje un centímetro y sus ojos se abrieron de par en par—. Has sido mía desde que tenías cinco años. Pero ahora te voy a follar. Duro como lo necesitas.

El calor se encendió en sus ojos y movió sus caderas, tomándome un centímetro más hacia adentro.

—Lo necesito —repitió.

Gruñí. Era mi trabajo, mi privilegio darle exactamente lo que necesitaba. Con una embestida rápida, la llené completamente y la cabeza de mi pene chocó contra su vientre.

Arqueó la espalda, inclinó la cabeza contra la puerta y gritó mi nombre.

—Te has corrido antes, pero nunca conmigo, nunca con mi pene dentro de ti.

No fui despacio, no fui gentil. Su sensación de estrechez y calor me hizo moverme dentro de ella, mirándola mientras lo hacía para ver qué la empujaba al borde del abismo. En una embestida hábil, sus ojos se abrieron de par en par y gritó, sus paredes internas se apretaron.

—¿Te gusta así? —Lo hice de nuevo.

—¡Sí!

El sonido pegajoso y húmedo de follar llenó el aire. Sus paredes internas se contrajeron y tiraron de mí, sus manos se aferraron a mis hombros; seguramente sus uñas me dejarían marcas. No me importaba. Solo la follé hasta que se vino con un grito atrapado en su garganta. No dejé de moverme, no detuve los movimientos de mis caderas. No era como si pudiera hacer otra cosa. Si alguien llamaba a la puerta porque estábamos haciendo demasiado ruido, no me habría detenido. No habría parado si alguien hubiera gritado "fuego". Solo ver a Dalia temblar mientras se venía, sus ojos borrosos y sus mejillas enrojecidas, era la vista más hermosa.

Mientras su placer disminuía, se desplomó sobre mí y me incliné más sobre la pared para sostenerla.

—De nuevo, caramelo. Te correrás de nuevo y yo lo haré contigo.

Negó con la cabeza contra mi hombro, pero sentí que sus paredes internas se aferraron de un modo muy hábil. Sus pequeños suspiros ventilaron mi cuello. No había tomado nada de tiempo en lo absoluto descubrir qué la hacía mojarse más, qué la hacía aferrarse a mi pene, incluso qué hacía que sus pequeños jadeos escaparan de sus labios abiertos. Era como un instrumento que siempre supe cómo tocar.

Así que cuando empezó a apretarme la polla mientras la estimulaba, supe que estaba a punto de correrse otra vez. Estaba tan sensible que su cuerpo fácilmente alcanzaba el clímax. Mis pelotas se apretaron al saber que ella se entregaba a mí tan apasionada y completamente. Puede que fuese virgen, pero no era una señorita tímida. Se sometía a mí maravillosamente. Su suspiro de placer me llevaba al borde del abismo. El dolor de sus uñas al clavarse en mis hombros me empujó directamente a mi propia liberación. La penetré por última vez, completa y profundamente incrustado, y disparé mi semen, pulso tras pulso de felicidad, para llenarla.

Pegué una mano a la puerta al lado de su cabeza y toqué su frente con la mía. No había nada como el placer que su cuerpo sacaba de mí. Intenté recuperar el aliento, recuperarme de la mejor follada de mi vida. Siempre supe que sería bueno con Dalia, pero nunca esperé que fuera así. Y había sido apenas una follada frenética contra la puerta, ¡completamente vestidos!

Dalia suspiró en mi cuello, su corazón latía contra mi pecho, su cuerpo quedó relajado. Lentamente, y con mucho cuidado, me salí y la bajé al suelo para luego recogerla y colocarla en la cama. *Debí* haberla tomado con más cuidado. *Debí* haber conocido cada centímetro de su cuerpo antes de follarla tierna y dulcemente, aunque no menos apasionado. Pero no lo hice. *Mi esposa* me tenía sujetado por la polla y no había nada que pudiera haber hecho al respecto. Ahora, sin embargo, podría mostrarle todo lo que dejé fuera.

Miré mi pene, aún pegajoso con la mezcla de nuestros fluidos.

—Todavía estoy duro, Dalia. Con el primer polvo fuera del camino, podemos hacerlo toda la noche.

Con ojos soñolientos y saciados, miró mi polla resbaladiza y todavía dura.

Puse una rodilla en la cama y tiré de la camisa que ella había roto.

—Esta vez cuando te folle, lo haremos sin ropa.

En vez de acercarse a mí, sus ojos se ensancharon por el más breve de los momentos. Negó con la cabeza y se giró de lado, apartándose de mí.

—Lo siento. Me duele la cabeza.

4

 ALIA

—¿Un dolor de cabeza?

Sentí el peso de Garrison cuando se presionaba en la cama, luego me giró sobre mi espalda. Se cernió sobre mí, como todo un macho saciado. En vez de ver una pícara satisfacción en él, vi confusión.

—¿Cómo demonios puedes tener dolor de cabeza?

Pasó su enorme mano por mi frente sudorosa y me alivié con el gesto.

Me encogí de hombros y no pude mirarlo a los ojos. Aunque logré ocultarle mis sentimientos en el pasado, después de lo que acabábamos de hacer no creí que pudiera ocultarle nada más. A pesar de que todavía estábamos vestidos, me había desnudado, me expuso a una conexión, a un vínculo con otra persona que nunca antes había conocido. Cuando mis padres murieron, pensé que esa clase de amor también había muerto. Pero esto, con Garrison, era incluso más profundo.

Yo lo amaba. Lo había amado durante años, quizás desde el primer momento, pero no se sentía así y me asustaba. No quería que me dejara. Mis padres me habían dejado y no podría soportar si Garrison ya no estuviera en mi vida.

—Yo... solo lo tengo.

Tomó mi barbilla en su mano, así que me vi obligada a mirarlo.

—Dalia —advirtió—. ¿Fui demasiado rústico? ¿Te asusté?

—No —admití. Yo fui quien inició todo, tratando de apartar su idea de desnudarme para evitar que viera mis cicatrices. No había razón para que se tardara más.

Su mirada recorrió mi cuerpo.

—¿Te lastimé? ¿Estás dolorida?

Mis mejillas se sonrojaron con su charla franca. La carne entre mis piernas era tierna y cuando atravesó mi himen con sus dedos, lo cual fue increíblemente erótico, me dolió un poco, pero él también fue demasiado atento, demasiado *bueno* en lo que hacía para que perdurara. El placer de sus manos, y luego de su pene, hizo que perdiera la cabeza y que mi cuerpo respondiera a lo que quisiera. Sentí su semen pegajoso al derramarse de mí, y aunque me dolía un poco por dentro, también ansiaba el placer que sacaba de mí. Toda la noche, justo como él dijo.

—Tal vez un poco —respondí.

Bajando su mano, levantó el dobladillo de mi falda, sus dedos se deslizaron por mi pierna. Traté de quitar sus manos, pero era demasiado hábil.

—¿Qué estás haciendo?

—Voy a mirarte la vagina.

—Te dije que solo estoy un poco dolorida, pero por lo demás estoy bien. No es necesario.

Sonrió.

—Estás mejor que bien. —La tela de mi falda oscura quedó amontonada en mis caderas. Aunque mis piernas estaban juntas, podía ver fácilmente los rizos oscuros en la unión de mis muslos, ya que mis bragas estaban en el piso junto a la puerta.

Se movió hacia el pie de la cama y luego me separó las rodillas. Acercándose, trabajó en los cordones de una bota y luego en los de la otra, antes de tirar de las dos para que cayeran ruidosamente al suelo de madera.

—Pon los pies en la cama.

—¡Garrison! —exclamé. Mis cicatrices estaban en mi torso, así que no temía que las viera. Mi oposición se basaba en pura mortificación virginal—. ¿No deberías bajar la linterna?

Miró mi cuerpo y sonrió. Era tan atractivo, incluso cuando estaba intentando meterse debajo de mi falda.

—No, no bajaremos la maldita linterna. Nunca. Siempre veré tu cuerpo, y tú el mío. ¿Qué pasó con la zorra que me sedujo para que la follara contra la puerta?

Se movió de modo que sus rodillas quedaron en la parte interior de mis muslos, separándolos. Sus dedos acariciaron mi pierna desnuda, expuesta por encima de la parte superior de mis medias.

—Eres tan suave. Tu piel es como la seda —murmuró. No estaba segura de si fue su tacto o el tono suave de su voz lo que me hizo recuperar el aliento.

Sus manos se movieron aún más, de modo que sus pulgares rozaron mis rizos húmedos y mis labios externos.

—Shh —canturreó. Cuando separó mis pliegues, inspiré un poco de aire.

—Eres tan hermosa, Dalia. —Su tono fue reverente—. Tu vagina es rosada, está resbaladiza e hinchada. Estás llena de mi semen. —Difundió su esencia por todas partes—. Me encanta verlo, saber que te he marcado por dentro y por fuera. Pronto, te afeitaré hasta que quedes desnuda.

¿Desnuda? Suavemente deslizó sus dedos a lo largo de mí, luego hizo círculos en mi entrada y me olvidé de sus palabras. No era inmune a su tacto, y mis ojos se cerraron. La excitación que había disminuido con mi clímax regresó.

Cuando sus manos tocaron los botones en mi cintura, mis ojos se abrieron.

—¿Qué... qué estás haciendo?

—Desvistiéndote.

Intenté retroceder, alejarme de sus dedos hábiles, pero mis piernas estaban abiertas y atrapadas sobre sus muslos.

—Pero estoy dolorida.

—No te estoy follando, caramelo, te estoy quitando la ropa.

Aunque sabía que este momento llegaría, no podía usar ropa durante los próximos cincuenta años. No esperaba el nivel de pánico que se instaló en mí cuando tiró mi falda por mis piernas y luego la arrojó al suelo.

—No quiero que lo hagas —respondí, apoyándome sobre mis codos, lo que me permitió tirar mis rodillas hacia atrás y alejarme de él. Me dejó levantarme de la cama. Caminé por el pequeño espacio con tan solo mi blusa, corsé y camisola. Hacía demasiado calor y no me había puesto enaguas.

—Dalia.

Escuché la voz de Garrison, pero la ignoré.

—No.

Cuando se puso de pie, levanté las manos.

—Me vas a obligar a desvestirme, así como me obligaste a casarme contigo.

Sus ojos se abrieron de par en par.

—Puede que te haya *presionado* para que te casaras conmigo, pero sabías que era cuestión de tiempo. Tú eras mía. *Eres* mía, Dalia. ¿De qué se trata esto?

Negué con la cabeza y tuve que quitarme el cabello de la cara. Gruñí con frustración.

—¡No te quiero!

—Podrías haberme engañado. Tú fuiste la que me arrancó los botones de la camisa. Tú fuiste la que me rogó que te follara.

Su voz se había elevado y su ira comenzaba a desatarse. Bien. Prefería que se enfadara conmigo, porque entonces no sabría la verdad.

Garrison respiró profundamente, dio un paso atrás y luego se sentó a un lado de la cama. Intenté no estremecerme bajo su escrutinio. Después de engañar a los hombres en el póquer para obtener su dinero, esto debía de ser fácil, pero ninguno de ellos era Garrison.

—Quítate la ropa, Dalia.

Su voz se calmó una vez más. —Negué con la cabeza—. Quítate la ropa o yo te la quitaré. Esas son tus opciones.

—Eres un bruto —respondí, cruzando los brazos sobre mi pecho. Mi corazón latía frenéticamente y luchaba por contener las lágrimas. No sucumbiría a la debilidad ahora, porque una vez que viera las cicatrices, estaría sola y definitivamente sería rechazada. Al menos, ahora sabía qué pasaba entre un hombre y una mujer. Convencida de que él sentiría repulsión, seguramente, me enviaría a casa, al rancho Lenox y tal vez nuestro matrimonio se mantuviera en secreto por encontrarnos en Carver Junction. Nadie lo sabría y podría dejar ir a Garrison. Podría encontrar una mujer diferente y sin defectos.

Con una rapidez que no esperaba, se acercó y me cogió del brazo para atraerme hacia él. Sujetó ambos lados de mi blusa y tiró de ella hasta romperla, tal como yo había hecho con su camisa, y los botones volaron en todas las direcciones. Jadeé y traté de cubrirme, pero Garrison fue demasiado rápido. Con movimientos seguros, removía los ganchos de la parte delantera de mi corsé y mi cuerpo se movía con cada tirón.

—Por favor, Garrison. No... —le rogué, pero no me escuchó.

Empujando una tira de la camisa y luego la otra de mis hombros, la tela de algodón se deslizó silenciosamente hasta mis pies. Quedé de pie frente a él con tan solo mis medias.

No se movió, ni siquiera respiró. Era como si lo hubieran convertido en una estatua.

Me moví para cubrir mi cuerpo, para ocultar las cicatrices que me marcaban desde la cadera hasta las costillas y los hombros. Incluso un lado de mi seno derecho estaba manchado de carne rosada y áspera.

—Jesús, Dalia —susurró. Desde su posición sentada, tenía una vista clara de mi cuerpo y no podía dejar de ver el daño que me había causado el fuego que se había llevado a mi familia.

—Yo... sé que piensas que es feo, que soy fea. No te culpo. —No me había dado cuenta de que estaba llorando hasta que una lágrima goteó sobre mi seno expuesto. Me sequé las mejillas con enfado, pero las lágrimas no cesaban—. Solo devuélveme mi blusa y no tendrás que mirarme más.

—¡Dalia! —soltó.

Me negaba a mirarlo a los ojos, porque tenía miedo de lo que vería.

—Nadie más que el alguacil sabe que nos casamos. Los otros hombres, estoy segura, estaban demasiado borrachos para recordarlo. Puedes buscar ese caballo que ibas a comprar, irte a casa y olvidar que esto ha pasado. Lo entiendo, Garrison. De verdad. Yo no...

—Deja de hablar.

—Pero...

—No digas una palabra más. —Su mandíbula se apretó fuertemente con la tensión que emergía de él, era una ira que nunca antes había visto. Intenté dar un paso atrás, pero me cogió por las muñecas y las sostuvo con una de sus manos. Me dio la vuelta fácilmente para que mis cicatrices se enfrentasen a él. Tiré de mis muñecas queriendo estar en cualquier otro lugar del mundo, pero él no cedió. Con su mano libre tocó suavemente mi carne marcada. Nadie había tocado las heridas desde que era una niña pequeña. Ni siquiera la señorita Trudy y la señorita Esther apenas si las habían tocado porque me mantuve firme, incluso a los seis años de edad no quería que alguien me tocara.

—Garrison —supliqué.

Me dio una nalgada en el trasero con la palma de su mano y salté.

—Te dije que hicieras silencio. —No me miró, sino que mantuvo los ojos fijos en mi costado, en la piel que tocó—. ¿Te estoy lastimando?

Negué con la cabeza y me mordí el labio. La piel de mi costado estaba casi entumecida. Aunque no podía sentir las puntas de sus dedos en mi piel, podía sentir la presión que ejercían.

—¿Qué pasó?

—Fuego —No dije más, porque sentí que esa única palabra era suficiente.

—¿Qué pasó, Dalia? —repitió, acariciando mi costado, las partes buenas y las malas.

—¿Por qué, Garrison? ¿Por qué necesitas saberlo? —Me sorbí la nariz y me limpié las mejillas.

Me atrajo para que lo enfrentara de nuevo y me acercó lo suficiente para que estuviera entre sus rodillas separadas. Aunque mis senos estaban a solo unos centímetros de su rostro, sus ojos miraban fijamente los míos.

—Porque te molesta tanto que preferiste que tomara tu virginidad rústicamente contra una puerta antes que mostrarme tu cuerpo.

—El fuego fue enorme, tan grande que se extendió por casi toda la ciudad, hasta iba de azotea en azotea. —Tragué saliva y miré fijamente la piel bronceada de su hombro. No llevaba puesta su camisa y no sabía que tenía pelo en el pecho. Se veía duro y bien musculoso, pero no lo había notado hasta ahora.

—Dalia... —me alentó.

Suspiré, porque él no iba a ceder.

—Todos estaban dormidos. Mis padres, dos hermanas menores y mi hermano bebé. Había humo y gritos, y sucedió muy rápido.

—Dijiste "ellos". ¿Tú no estabas dormida?

—Estaba en el baño. Me negaba a usar una bacinilla porque tenía casi seis años.

Soltó mis manos y me agarró la cintura, sus dedos casi formaron un anillo a mi alrededor.

—Entonces... si no estabas en la casa, ¿cómo te quemaste?

—Intenté regresar y salvarlos. —Me estremecí al recordar el humo espeso y negro, las llamas amarillas que iluminaban el interior de mi casa, el sonido tan fuerte, casi como el de un tren—. Solo llegué a unos metros tras la puerta de la cocina. La madera ardiente cayó del techo y prendió fuego mi camisón. El cabello también. —Tiré de mis mechones enredados—. Corrí hacia afuera y un vecino lo apagó.

Sus manos se movieron para cubrir mi mandíbula, luego para sacar las pinzas de mi cabello. Las dejó caer al suelo a nuestros pies y movió mi cabeza de un lado a otro.

Señalé un punto en mi lado derecho y el lugar con sus dedos.

—Mi cabello largo estaba suelto. No me quemó la cabeza en absoluto, pero perdí un poco de cabello en ese lado. La señorita Trudy me cortó el cabello el primer día que la conocí.

Recordé la extraña sensación, lo ligero que se sentía cunado solo me rozaba los hombros.

Las manos de Garrison me cubrieron la mandíbula una vez más y tuve que mirarlo a los ojos. Sus pulgares rozaron mis mejillas para limpiar las lágrimas por completo.

—¿Crees que no te quiero?

—¿Por qué... querrías hacerlo?

Sus ojos atravesaron mi corazón, allí vi angustia y dolor.

—Porque te amo, Dalia Lenox Lee.

Traté de mover la cabeza, pero él me mantuvo quieta.

—Amas a la mujer que pensaste que estaba completa.

Sus ojos se entrecerraron, sus manos cayeron y se puso de pie abruptamente. Tropecé hacia atrás mientras se quitaba las botas, luego se bajó los pantalones por las caderas y los pateó hasta que quedó desnudo frente a mí. ¿Qué estaba haciendo?

—¡Garrison!

Se giró y señaló la parte posterior de su muslo. Miré fijamente su trasero hasta que habló, luego mis ojos bajaron un poco más y vi una herida irregular, curada hacía algún tiempo, que manchaba su piel aparentemente perfecta.

—Una cuerda de engrane se rompió en el granero y un trozo de hierro afilado me atravesó la pierna.

Excepto por el área dañada que era una mezcla de carne rosada y blanca, su pierna estaba cubierta por vello oscuro. Hice una mueca ante la idea de que Garrison se lastimara tan fuertemente. La severidad de la herida debería haber sido suficiente para que muriera por la pérdida de sangre o por una infección.

—¿Cuándo ocurrió? ¿Cómo es que yo no lo supe? —Quería acercarme y tocarlo, pero no me atreví.

Se encogió de hombros, los músculos de su espalda se movieron.

—Fue cuando tenía diecisiete años. Aún eras una niña.

—La cicatriz no importa, Garrison. —Negué con la cabeza como si decir las palabras no fuera suficiente.

Se colocó frente a mí y lo vi completamente

desnudo por primera vez. Su polla, aunque la había tocado y solo la había visto por un breve instante, era larga y gruesa y sobresalía de un nido oscuro de vello.

—¿Por qué no? ¿No te parece repulsivo mi cuerpo?

Su pregunta me sacudió y abandoné la mirada fija, dejé de comerlo con los ojos descaradamente. ¿Eso había encajado dentro de mí? Su obvia virilidad masculina hizo que mi núcleo se apretara, como si quisiera ser llenada una vez más.

—Por supuesto que no.

—Tus pezones están duros —observó, con una inclinación de su barbilla—. ¿Estás mojada para mí? ¿Me quieres, caramelo? ¿Con cicatrices y todo?

Usó su ridícula palabra de cariño para aligerar el ambiente. No pude evitar la pequeña sonrisa.

—Sí, Garrison —susurré.

Cogiendo su polla con el puño, empezó a acariciarla por toda su longitud.

—Tus cicatrices, Dalia, me dicen lo valiente que eres, lo fuerte que eres. Te hacen quien eres y esa persona es a quien amo, con quien me casé.

Una gota de líquido transparente se derramó de la punta de la ancha corona y me lamí los labios preguntándome a qué sabría. Recordé que él había lamido mi esencia de sus dedos en la carreta y ahora entendía por qué.

—Tú eres quien pone mi pene duro.

El aroma de nuestra primera vez llenó el aire,

tornándolo almizclado y aromático. Los fluidos combinados de nuestra unión se deslizaron por mis piernas. Su cuerpo mostraba la evidencia de su continua excitación, su pene se movía de arriba abajo por su propio peso y se encorvaba largo y grueso hasta casi tocarle el ombligo. Moría por más.

—Garrison —murmuré. Esta vez no fue vergüenza o tristeza lo que escuché en mi voz, sino esperanza—. ¿De verdad... de verdad me quieres todavía?

Sonrió y señaló con un dedo.

—Aprenderás que una erección es una señal segura de eso, pero ven aquí y te lo demostraré.

5

 ARRISON

Dalia no titubeó. Dio unos pasos entre nosotros y la atraje a mis brazos. Colocando una mano en la parte de atrás de su cabeza, la acerqué a mi pecho para poder descansar mi barbilla sobre su cabeza. Sus manos se cernieron en mi espalda y me abrazó como si nunca fuese a soltarme. Se sentía bien tenerla en mis brazos —desnuda, por supuesto— pero lo más importante era porque me quería, Dalia quería la comodidad y la tranquilidad que podía darle.

Yo también me sentía cómodo al sentirla, sabiendo que estaba en mis manos de una vez por todas. No había podido ser su refugio o su protector antes. No tenía ningún derecho sobre ella.

Pero este era el día en que dejaría de permitirle llevar las riendas para estar yo a cargo. Durante años, mantuve una distancia segura y razonable con ella, permitiéndole convertirse en la bella mujer que tenía frente a mí. También era una fierecilla que no dudaba en darme pena o una seria paliza con la lengua, cuando lo justificaba la situación. Ya habíamos ido y venido bastante. Las bromas fueron un juego previo. Durante años. Ya no más. El juego de cartas fue un medio para alcanzar un fin. Una forma de hacer que fuese mía mientras mantenía su orgullo. Le daría eso... y mucho más.

—Imaginé estar desnudándote durante años, caramelo. Eso no incluía discutir.

—Garrison...

—Shh —la calmé—. Esta vez, cuando te tome, va a ser lento. Voy a ver ese delicioso cuerpo tuyo, a probarlo, a conocer cada punto que te excite. Que te haga ponerte mojada por mí. Las únicas palabras que saldrán de tus labios son "sí, Garrison" y "más".

La empujé hacia atrás lo suficiente para poder bajar la cabeza y besarla. Esta vez, aunque el beso carecía de la intensidad y urgencia que tenían los que compartimos más temprano, no fue menos potente. Su boca se abrió sin ninguna acción de mi parte, deslicé mi lengua sobre la de ella y luego mordí su labio inferior regordete. Su respiración era irregular y ella se sentía suave y flexible en mis brazos. No podía recordar ninguna otra ocasión en que Dalia se sintiera así. Mientras que besarla era algo que podía hacer durante horas, quería más. La sensación de suavidad de su piel, tan afelpada y sedosa, me estaba distrayendo. Una cosa era esperar cuando estaba vestida —y antes de que fuera la señora Lee— pero ahora quería más. Lo quería todo.

¿Pensaba esconderme sus cicatrices para siempre? Era mi *esposa* y la vería desnuda. Ella esperaba que yo viera las marcas y la rechazara, que la abandonara por haber sobrevivido. O no me conocía tan bien como yo pensaba o sus miedos eran muy profundos. Asumí lo segundo. Las palabras servirían para tranquilizarla, pero tomaría tiempo hacerlo. La acción sería mucho más rápida.

Con manos hábiles, la levanté y luego bajé a la cama, moviéndome para estar sobre ella, nuestros cuerpos permaneciendo alineados, nuestras bocas aún fusionadas. Mantuve mi peso alejado de ella sobre un antebrazo, pero sentía toda su longitud por debajo de mí. Le besé la comisura de la boca, luego a lo largo de la barbilla hasta la oreja, y luego el punto blando directamente detrás.

Con cada roce de mi nariz o movimiento suave de mi lengua, evalué sus reacciones; una ligera toma de aire, sus dedos apretando mi cintura, sus ojos cerrándose. Fue cuando sentí la vibración de su corazón latiendo en su cuello cuando supe que estaba ahí conmigo.

—Garrison —murmuró mientras inclinaba su cabeza hacia un lado para exponer el largo de su nuca.

Cada parte de ella era perfecta, el aroma fresco de su piel, la suavidad bajo mis labios, el sabor de ella en mi lengua. No me quedé en un solo lugar por mucho tiempo, porque deseaba conocer cada parte de Dalia.

Aunque había visto su cuerpo cuando discutíamos, no había podido concentrarme en él. Sabía que sus senos eran grandes y redondos, con forma de lágrima y pezones rosado oscuros. Su cintura era estrecha por encima de sus caderas acampanadas. Incluso sus piernas eran perfectas, largas y bien formadas y moría por sentirlas envueltas alrededor de mi cintura. Pero habíamos quedado atrapados —de nuevo— en una batalla verbal. A menudo, Dalia trataba de probar su dominio sobre mí con palabras; ciertamente me había seducido para que la follara hace unos momentos.

Ahora... ahora yo era el que tenía el control. Ahora podía ver su cuerpo, conocerlo, amarlo, tal como lo había anhelado, bueno, desde siempre. Sus cicatrices eran feas. Marcaban su piel, la carne donde quedó tensa y rosada. Pero eran parte de ella. Cubrí un seno, del tamaño de un puñado perfecto. Gruñí y el sonido retumbó en mi pecho mientras sentía que su pezón se endurecía. Cuando le pasé el pulgar por encima, arqueó la espalda, empujándolo a mi mano aun más.

—Tan sensible —susurré, bajando la cabeza para llevarme la punta turgente a la boca.

Jadeó y sus manos se enredaron en mi cabello, tirando casi dolorosamente.

—¡Garrison!

Aunque mantenía mis acciones gentiles, no era fácil con ella. Preparé bien su cuerpo, aumentando su excitación hasta el punto de que cuando la tomara, rogaría por más. Separé sus muslos con una rodilla y me instalé en la cuna de sus caderas. Allí, mi pene descansó contra su carne caliente, resbaladiza y húmeda por su excitación y mi semen. Mi pene latía con deseo y me deleité con la sensación de que mi marca permaneciera en ella.

No concentré toda mi atención en un seno, sino que besé el valle entre ambos y el otro, y jugué con la punta mojada con mis dedos.

—¿Crees que puedes correrte con tan solo mi boca en tus senos? —le pregunté, lamiendo y mordiendo su carne rosada. Mis bigotes seguramente lijaban su delicada piel en las curvas inferiores, pero no parecía importarle. De hecho, no parecía importarle nada de lo que le hacía. Suave y gentil, rústica y salvaje, lo quería todo.

Y yo quería todo de Dalia. Alisando mi mano sobre su vientre, le canturreé cuando mis dedos rozaron su carne con cicatrices, luego besé su piel tierna, haciéndole saber que amaba cada parte de ella. No me quedé allí, sino que dejé que mis dedos bajaran aún más, por los rizos sedosos en el ápice de sus muslos. Separé más sus piernas con mi rodilla para que no se pudiera esconder. Incluso con la suave llama de la linterna al lado de la cama, pude ver sus pliegues hinchados, pegajosos aún con mi semen. El olor de su excitación era espeso y embriagador. Bajé la cabeza y lamí la perla dura, rosada y desprotegida sin su capucha.

—¡Garrison! —gritó, levantándose sobre sus codos para mirarme—. ¿Qué... qué estás haciendo? —Se lamió los labios secos y gruñí.

—Haciéndote venir.

—¿Se supone que debes hacer eso... ahí? —murmuró.

—Absolutamente.

—Pero estoy toda mojada. Tu... humedad se derrama de mí.

—Mmm —canturreé, deslizando un dedo a través de esa humedad e introduciéndome dentro de ella—. Me encanta sentir mi semen dentro de ti, saber que eres mía. En todas partes.

Sus ojos se nublaron cuando encontré un lugar dentro que le gustó. Doblé mi dedo y sus ojos se cerraron una vez más, tiró sus rodillas hacia atrás para asegurarse de que yo pudiera continuar.

—Ah, caramelo, eres una cosita tan ansiosa. Me

estás apretando el dedo. No puedo esperar a sentir que le hagas eso a mi pene. Pero primero, te correrás.

Asintió y se lamió los labios. Hacer que se corriera era más importante que mi próximo aliento. Yo era su esposo y era el único que tenía que hacerlo. Nadie más lo vería. Mis pelotas se apretaron por su sensación resbaladiza, mi pene ansioso por meterse dentro de ella. Pero lo haría bien esta vez. Me ocuparía de ella primero. Bajé la cabeza y pasé mi lengua sobre su clítoris mientras deslizaba mi dedo hacia adentro y hacia afuera. Con pequeñas lamidas y movimientos suaves sobre el duro capullo, la llevé al clímax. No podía quedarse quieta y usé mi mano libre para engancharla alrededor de su muslo y mantenerla en su lugar. Sus manos cubrieron sus senos, halando y tirando de sus pezones como yo lo había hecho.

—Más, sí... por favor —suplicó, perdida y salvaje mientras yo movía mi dedo dentro de ella.

No cedí y le di exactamente lo que quería. Con trazos hábiles de mi dedo y movimientos muy deliberados de mi lengua, la llevé al borde del abismo y luego la empujé. Su espalda se arqueó y gritó mientras sus paredes internas se apretaban y tiraban de mi dedo. Mientras ella seguía viniendo, me senté y me salí de ella.

—Abre los ojos, Dalia. —Alineé mi pene con su entrada resbaladiza y esperé. Cuando sus párpados se abrieron y me miró, continué—: Quiero ver tu rostro cuando te llene. —Me abrí camino, centímetro a centímetro. Observé cómo mi pene desaparecía dentro de su cuerpo, cómo sus pliegues se separaban. Podía sentir su contracción a mi alrededor, porque mi pene era mucho más grande que mi dedo.

—Eres tan grande —murmuró.

Bajándome a mis antebrazos, inmovilicé sus brazos a los costados, atrapándola. Quería tenerla bajo mi control, porque me había quitado todo el mío más temprano. Me introduje una fracción más, y luego aún más, mi semen la hacía resbaladiza y fácil de llenar. Finalmente, quedé completamente posicionado en su interior, con mis pelotas golpeando su trasero. Me quedé quieto, saboreando su sensación. Estaba caliente, y ajustada y resbaladiza y... perfecta. Dios, toda Dalia era perfecta. Solo llenarla y quedarme inmóvil me tenía a punto de correrme. Era como un colegial cachondo con mi primera follada.

No iba a durar. Esta conexión iba a ser demasiado. Le dije que la amaba. Ella no había dicho las palabras de vuelta, pero mirándola a los ojos pude verlo allí.

—Garrison, por favor. Por favor, muévete —me rogó. Aunque escuché la desesperación en su voz, sentí que sus rodillas me levantaban y presionaban en los costados, incluso sentí que su vagina seguía contrayéndose a mi alrededor, pero fue el deseo nebuloso en sus ojos lo que hizo que me moviera. Solo podía imaginar que ella veía una mirada similar en los míos porque estaba igual de perdido, casi frenético por ella.

—Te vas a correr de nuevo —le advertí. Y también fue una promesa. Iba a arrancarle todo el placer de su cuerpo.

—¡Sí! —gritó mientras la llenaba una vez más—. ¡Más!

No había nada como esto en la tierra. Su vagina estaba tan dulce, tan necesitada. Tan jodidamente caliente.

—¿Te quieres correr? —Me retiré para que solo la cabeza acampanada de mi pene separara sus labios.

—¡Sí!

Me sumergí profundamente, observé su cuerpo tomar todo de mí hasta el tope.

—¿Quieres más?

Mi voz era oscura y profunda, y respiraba con dificultad. El sudor cubría mi frente.

—¡Sí!

—Te daré más, caramelo. Más de lo que alguna vez has imaginado.

Y lo hice.

6

ALIA

—Buenos días, Lee.

Levanté la vista de mi almuerzo y miré al hombre que estaba de pie frente a nuestra mesa en el comedor abarrotado del hotel. Nos habíamos perdido el desayuno porque Garrison puso su atención en mí desde muy temprano. Un sesión muy completa de hacer el amor me hizo volver a dormir la mayor parte de la mañana. Él fue muy atento y muy gentil, pues aunque estaba ansiosa por sus atenciones, estaba dolorida. Besó mis cicatrices, pasó sus dedos por encima de ellas casi reverentemente, antes de tomarme con dulzura. Incluso ahora, tenía un dolor delicioso entre las piernas. Aunque me limpié antes de vestirme, el semen de Garrison era tan copioso que seguía goteando de mí como un recordatorio constante de que me había reclamado.

—Pringle —contestó Garrison con tono neutro, la única palabra se sintió como un golpe.

El hombre tenía una edad muy cercana a la de mi esposo, con el cabello muy pálido, una nariz larga y unos ojos muy estrechos. No sonrió.

Garrison bajó su tenedor y su cuchillo y se limpió la boca con su servilleta. El aroma del pollo horneado y el café llenaban el aire, junto con una gran cantidad de tensión masculina.

—¿Qué te trae a la ciudad?

El otro hombre me miró, pero me desestimó con suficiente facilidad.

—Una compra de caballos. Parece que mientras estabas afuera comprando otra cosa, encontré un buen trozo de carne de caballo para añadir a mi colección.

La mandíbula de Garrison se apretó fuertemente y sus ojos se entrecerraron mientras empujaba su silla hacia atrás y se ponía de pie. Tenía varios centímetros sobre el otro hombre, el cual me recordaba a una comadreja rubia.

—Te disculparás con mi *esposa*, Pringle.

El señor Pringle ignoró a Garrison y me miró una vez más como si yo fuera la puta que él insinuó que era, solo que esta vez con un pase mucho más completo.

—Bueno, bueno. Señora Lee, mis más humildes disculpas.

La sonrisa en sus labios y el tono de su voz no implicaban nada de eso.

—Estás interrumpiendo el almuerzo con mi esposa. ¿Qué quieres?

El señor Pringle se encogió de hombros.

—Solo quería ahorrarte algo de tiempo. El caballo que querías comprar ya no está disponible. Te deseo buena suerte para encontrar un semental como ese en cualquier lugar del Territorio.

Los ojos de Garrison se entrecerraron.

—¿Compraste el caballo de Mann?

El señor Pringle sonrió ampliamente.

—Lo hice. Como dije, solo quería ahorrarte tiempo. —Asintió en dirección a mí—. Señora.

Cuando el hombre salió del salón, Garrison se sentó de nuevo y se abocó a su almuerzo sin hacer ningún comentario.

—¿Eso te pasa a menudo? —le pregunté.

Me miró y se encogió de hombros.

—Aunque Pringle no es un enemigo, definitivamente no es un amigo.

—¿Hay muchos a quienes llamas enemigos o "no amigos"?

Mientras sus músculos tensos se relajaban y su voz

se calmaba, pude discernir que no estaba tan recuperado como parecía. Había estado observando a Garrison desde que era pequeña. Yo *lo conocía.*

Se encogió de hombros y apuñaló un trozo de pollo con su tenedor.

—Mi padre perdió muchos amigos a lo largo de su vida y las repercusiones persisten.

Recordaba al señor Lee. No era un hombre muy agradable. Gris y viejo antes de tiempo, amargado también. Cuando era pequeña, le tenía miedo y lo había evitado siempre que fuese posible.

—Murió hace... hace mucho tiempo —dije.

Garrison asintió una vez.

—Seis años. He estado tratando de recuperar para el rancho —y el nombre Lee— una buena posición en la comunidad.

Fruncí el ceño. Solo sabía lo exitoso que era Garrison, lo bien conocidos que eran sus caballos. Nunca había escuchado hablar de las cosas que parecían molestarle.

—Tú no eres tu padre.

Se sentó en su silla.

—Afortunadamente, el Territorio de Montana es un lugar donde un hombre hace su propio camino y estoy agradecido con la comunidad por haberme separado de la personalidad y los negocios de mi padre. Pero hay algunos, como Pringle, que piensan lo contrario.

—¿Por qué te odia tanto?

—Su padre perdió la mayor parte de sus tierras por culpa del mío y el hijo no lo ha olvidado. Con Pringle, he tomado los pecados de mi padre.

—Dijo que estabas aquí para comprar un caballo. —Me limpié los labios con la servilleta—. Yo... no creí que realmente vinieras a Carver Junction para hacerlo.

Una ceja oscura se elevó.

—¿Ah? Te dije que iba a comprar uno. ¿Qué creías que estaba haciendo aquí?

Cortando mis judías verdes con más deliberación de la que probablemente era necesaria, respondí:

—Espiándome.

Se rio a carcajadas y luego me guiñó un ojo. Los clientes de otras mesas se volvieron ante el sonido vibrante y los ojos de las mujeres permanecieron en él. Garrison era un hombre guapo; no se podía negar.

—Eso fue un privilegio adicional. También, muy afortunado para mí.

—¿Ah? —le pregunté.

—Mmm. Aprendí bastante sobre ti. —Se inclinó hacia atrás y cruzó los dedos sobre su vientre plano—. Qué imprudente eres con tu propia seguridad personal, tu habilidad para mentir como la jugadora de póquer que eres.

—¿Y eso por qué es suerte? —pregunté, empezando a sentir las raíces de la aprensión que se afianzaban.

—Porque antes no podía hacer nada al respecto. Ahora, como tu esposo, ten la seguridad de que tomaré medidas muy pronto. —Miró mi plato—. Termina. Parece que tenemos una carreta que tomar.

El temor sopesó cada uno de mis pasos hasta la carreta, porque una vez que estuviéramos solos en el interior, únicamente podía imaginar lo que él haría. Pensé en cómo me miró cuando me toqué y llegué al clímax el día anterior, pero no hubiera creído que el placer sería lo que tendría en mente para nuestro viaje de regreso. Afortunadamente, se me concedió un alivio porque no íbamos a viajar solos. Una madre con un niño pequeño y un hombre con una necesidad increíble de limpieza nos acompañarían. Mantuvimos los alerones abiertos y la brisa ayudó, pero no fueron unas horas cómodas. Hablamos poco.

Cuando recuperamos el caballo de Garrison en nuestro pueblo, esperaba que él dirigiera el animal hacia el rancho Lenox.

—¿Adónde vamos? —pregunté, tratando de moverme en el regazo de Garrison. Nunca antes había montado con nadie. Era tan... cercano. Sentí sus muslos musculosos y su pene duro presionando contra mí con cada balanceo del caballo. Con sus brazos a mi alrededor, no había ninguna posibilidad de que pudiera olvidar lo que habíamos hecho juntos... tres veces.

—Nos vamos a casa —dijo con simpleza.

—Necesito que mi familia sepa dónde estoy —respondí, volviéndome para mirar por encima de mi hombro como si pudiera ver el Rancho Lenox.

—Enviaré a un hombre con información sobre tu paradero, pero no parecías muy preocupada por tu familia ayer cuando fuiste a visitar a *Opal*.

Mi espalda se puso rígida con su tono.

—¿Cómo te atreves a insinuar que no me importa mi familia?

—No insinué que no te preocuparas —contestó, sonando frustrado—. Inferí que te preocupas más por ti misma.

—¿Quién te crees que eres para hablarme así? —Intenté girarme para enfrentarlo, pero sus brazos se apretaron a mi alrededor.

—Tu esposo. —Permanecí malhumorada y enfadada... en silencio—. ¿Por qué demonios te vas sola y juegas al póquer en una cantina donde un hombre o varios podrían forzarte? ¿Tienes idea de lo que podría haberte sucedido? —No pronuncié una palabra—. ¿Nunca dejas de hablar y *ahora* te niegas a hablar? —Fruncí los labios. Tenía tantas ganas de darle una reprimenda, pero eso era lo que él quería—. Muy bien. —Tiró de las riendas y el caballo se detuvo. No había nada en ninguna dirección, solo la pradera, la hierba alta ondulante con la brisa ligera. Las montañas se elevaban irregulares y altas a la distancia, el sol recorría su camino hacia ellas. Con un brazo atado a mi cintura, me bajó del caballo.

—¿Qué estás haciendo? No esperarás que camine el resto del camino, ¿verdad?

Garrison suspiró, bajó su pierna y desmontó.

—Esperaba hacer esto en casa, pero está claro que he esperado demasiado. Tenemos bastante privacidad aquí. Dudo que te mantengas tan callada al respecto.

Di un paso atrás.

—¿Sobre qué?

—Tu castigo.

Dio un paso hacia mí con sus ojos entrecerrados, concentrados. Lo había visto así antes, pero nunca dirigido a mí. Estaba decidido y no me gustaba ni un poquito. Di un paso atrás, me di vuelta sobre mi talón y empecé a correr.

—¿Piensas correr hasta el rancho, caramelo? —exclamó—. Aun recibirás tu castigo, estés cansada o no.

Me detuve a tropezones y me doblé hacia adelante para colocar mis manos sobre mis muslos. El corsé me dejó sin aliento. Iba a castigarme. No sabía cómo, pero el temor me invadió. Sabía que no me *lastimaría*, pero nunca antes me habían castigado. Yo era mi propia dueña. Hacía lo que quería. Jugaba al póquer en las cantinas, ¡y ganaba! Mientras caminaba de regreso a

Garrison, no me gustaba la sensación de estar bajo el control de alguien, ni un poco.

Me miró por el rabillo del ojo mientras sacaba algo de su alforja. Estaba a unos metros de él cuando vi que era un rollo de soga.

—¿Qué... qué planeas hacer con eso? —Señalé el objeto, pero tenía una idea razonable de su uso.

Se acercó a mí lentamente. Con calma.

—No te haré daño, Dalia. Nunca. Lo sabes, ¿correcto?

Sus ojos aún mantenían el tono oscuro de autoridad, pero se habían suavizado un poco.

Asentí. No le tenía miedo. Había visto las miradas de algunos hombres cuando jugaba al póquer y esto no era lo mismo.

—Necesito escuchar las palabras.

—Sí —susurré—. Sé que no me lastimarás.

Asintió.

—Te protegeré con mi vida. No dejaré que *nadie* te haga daño, ni siquiera tú misma. ¿Estás lista para responder a mis preguntas?

Miré la cuerda.

—¿Me vas a atar?

Negó con la cabeza y lo miré. *Podía* dominarme, lastimarme, hacerme lo que quisiera. Solo llegaba a su barbilla en altura; sus hombros eran el doble de anchos que los míos. Sus piernas eran sólidas como troncos de árbol. Sus manos... Aunque recordaba exactamente cómo esas manos podían traerme el más delicioso de los placeres, sabía que también podían castigarme cuando fuera necesario.

Empecé a relajarme, aliviada de que no usaría la cuerda. Debió de haberlo presentido, porque continuó:

—No te preocupes, caramelo, tengo otras formas muy persuasivas de hacer que hables.

Mis ojos bajaron al abultamiento de sus pantalones.

—¿Me vas a follar para que hable?

—No follo cuando estoy enfadado.

—Entonces, ¿cómo...?

—Comencemos —contestó, ignorándome—. Dime, Dalia Lee, ¿por qué jugabas al póquer en una cantina de Carver Junction?

No estaba usando ningún tipo de coerción y entrecerré los ojos.

—No he contestado a tu pregunta antes, así que, ¿por qué crees que lo haré ahora?

Antes de que pudiera parpadear, se acercó, me sujetó la muñeca y me tiró hacia él. Se sentó en el suelo y me puso sobre su regazo. Me sentí como si fuera una marioneta al moverme en la dirección que él quería, porque en cuestión de segundos mis rodillas quedaron sobre la hierba blanda a un lado de sus muslos, mi parte superior del cuerpo sobre el otro. Traté de sentarme, pero un azote firme en el trasero me dejó inmóvil. Brevemente. Después empecé a luchar. Como si yo fuera un becerro, llevó mis muñecas hacia mi espalda con prisa y extrema habilidad, luego las amarró.

Me levantó la falda y su gran mano subió por mi pierna para quedar encima de mis manos atadas. Escuché el sonido de una rasgadura y sentí el aire caliente en mi trasero.

—Este es el último par de bragas que usarás. —Las apartó completamente de mi cuerpo y las arrojó a un lado. Podía verlas colgando de unas cuantas briznas de hierba altas—. Quiero tu culo y tu vagina expuestos, disponibles para mí en todo momento. Aunque preferiría doblarte sobre algo y follarte, no dudaré en darte unos azotes.

—¡Garrison! ¡Cómo te atreves!

—¿Cómo me atrevo? Mi esposa estaba en una cantina jugando al *póquer* con hombres extraños.

Azote.

—Podrían haberte robado. Podrían haberte violado.

Azote.

Su voz era baja y ronca, respiraba con dificultad.

—¿Por qué, Dalia? ¿Por qué lo haces?

Hice una mueca de dolor y contuve la respiración ante el continuo asalto a mi trasero. El crujido de la palma de su mano que golpeaba mi carne era fuerte ¡y dolía! Traté de no dejar que se notara, de no ofrecerle ningún tipo de reacción, pero su mano se movió deliberadamente sobre mi trasero, golpeando en algún lugar nuevo cada vez. Cerré los ojos y me mordí el labio, pero no pude contenerme. Grité.

—¡Garrison!

—¿Por qué? —repitió.

No iba a ceder. Podría escapar y correr, pero él me atraparía. Me sostendría y me daría azotes una vez más. Las lágrimas se deslizaban por mis mejillas por una dolorosa combinación de dolor en el trasero con la determinación de Garrison. No podía esconderme de él. De ninguna manera. Ya no me dejaría.

—Bien. ¡Bien! Hablaré.

Colocó la palma de su mano en mi trasero, esta vez la movió sobre la carne caliente y hormigueante en una suave caricia. El movimiento pareció calmar el dolor mordaz y convertirlo en un resplandor cálido. Permaneció en silencio, a la espera, lo cual me alegró. Estaba lo suficientemente avergonzada por tener mi trasero no solo expuesto a él, sino también a la intemperie, y tener que hablar mientras estaba recostada sobre su regazo. Agradecida de no tener que mirarlo a los ojos mientras hablaba, podía mirar a los verdes brotes de hierba que tenía delante de mí.

—Quería ganar dinero para poder mudarme.

—¿Dónde?

Me encogí de hombros, tomé un trozo de hierba.

—A la gran ciudad. No me importa cuál. Quiero la

emoción, la actividad que tiene un lugar como Chicago o Minneapolis.

Su mano se deslizó más abajo para rozar el pliegue donde se encontraban mi trasero y mi muslo. Me quedé inmóvil con el cambio.

—Entonces no fue una sola noche de póquer, ¿verdad?

Su mano siguió acariciándome, acercándose más a mi núcleo de mujer. Aunque esto facilitaba la comprensión de mis secretos más íntimos, me era mucho más difícil concentrarme en sus preguntas.

Negué con la cabeza y me mordí el labio. Quería inclinar mis caderas hacia arriba para adentrar sus dedos.

—¿A cuántos otros lugares fuiste?

—¿Realmente... importa a dónde fui? ¿No estás solo molesto porque lo haya hecho?

—Demonios, sí, estoy furioso porque lo que has hecho. Estoy sorprendido de que la señorita Esther no descubriera tus... aventuras.

La señorita Esther podría obtener información de un nabo.

Rozó los rizos que protegían mi feminidad, luego mi carne más privada.

—¡Garrison! —jadeé.

—Cuando te comportes como una chica mala, recibirás azotes. Cuando seas una buena chica, obtendrás una recompensa. —Cada lugar donde pasaba su dedo, se calentaba y podía sentir cómo me mojaba cada vez más—. Me estabas hablando de la señorita Esther.

—Esto... oh, Dios, no fue tan difícil. —Respiré profundamente y no pude evitar la forma en que mis caderas comenzaron a moverse. Solo la punta de su dedo rodeó mi entrada y me apreté, queriendo introducirla dentro de mí—. No se lo dije a Margarita ni a Lirio. Ellas son... unas bocazas.

—¿Quién te enseñó a jugar?

Él era quien estaba jugando conmigo. Se deslizó hacia adentro y empujé mis caderas hacia atrás para que se adentrara profundamente.

—Oh, qué codiciosa —canturreó. No hizo nada más, solo mantuvo el dedo inmóvil dentro de mí—. ¿Quién te enseñó a jugar?

Mis ojos se cerraron y el sudor me llenó la frente. No era por el sol.

—El Gran Ed me enseño. Él... Cuando tenía diecisiete años, hubo una gran tormenta de nieve en la que todos estuvimos atrapados durante días. Me enseñó a mí, a Margarita, a Lirio y a Caléndula a jugar y usábamos fósforos como moneda de cambio. Para la primavera, comencé a usar dinero y ya estaba limpiando los ahorros de todos en el rancho. Después de eso, el Gran Ed prohibió el juego. Dios, Garrison, por favor. ¡Tienes que mover el dedo!

En vez de escucharme, me subió a su regazo, moviéndome de modo que estuviese a horcajadas sobre su cintura, con las manos todavía atadas detrás de mí. Poniendo sus pies en el suelo, dobló las rodillas y me senté con la espalda contra sus muslos. Jadeé ante la combinación de la sorpresa de estar volteada y la picadura de mi trasero contra la tela gruesa de sus pantalones.

Lo miré a través de mis pestañas, insegura de lo que vería en su rostro. Esperaba que su ira y determinación hubieran disminuido. Lo habían hecho. En su lugar había un foco intenso de atención de otro tipo: excitación. Se quitó el sombrero de la cabeza, su cabello oscuro brillaba bajo el sol. No se había afeitado esta mañana y sus bigotes se veían oscuros. Sabía que me rasparían la palma de la mano cuando le acariciara la mandíbula si tan solo me soltara las manos. Me apartó el cabello de la cara, pues la mayor parte se me había soltado. Quitó las pinzas y las dejó caer al suelo.

—Me gusta tu cabello suelto.

—Dijo el hombre de cabello corto —me quejé.

Negó con la cabeza lentamente y acarició mis mechones largos.

—Solo un esposo puede ver el cabello de una mujer suelto.

—Estás muy contento de ser mi esposo, ¿no es así? —Mencionó todos los beneficios de ser un esposo una y otra vez, que iban desde azotarme hasta follarme. Aunque no disfrutaba los azotes, definitivamente sentí que sus acciones me forzaban a revelar mi secreto. No me gustaba mentirle a Garrison, o a la señorita Trudy y a la señorita Esther.

—Estoy muy contento. Si no fuera tu esposo, no podría hacer esto. —Se metió debajo de mi falda recogida, encontró mi centro que goteaba y deslizó no un dedo, sino dos, en lo más profundo de mí. Me puse de rodillas y dejé caer la cabeza hacia atrás. Estaba tan profundo y sus dedos me llenaban, no como su pene, pero con mucha más agilidad. No tenía ni idea de que había lugares en lo más profundo de mi ser que me llevaran al clímax con un simple tacto o con el roce de un dedo. Le sujeté el antebrazo, tratando de moverlo como quería.

Me reprendió con un sonido.

—Te daré tu placer de ahora en adelante, Dalia. ¿Quieres correrte?

Su voz era oscura y rústica, podía sentir la línea gruesa de su excitación debajo de mí.

—¡Sí!

—Entonces, dime, ¿cuánto dinero ganaste?

Grité con frustración. Estaba cerca... muy cerca, pero sabía que Garrison no me dejaría tocarme para traer la feliz liberación que anhelaba.

—¿Jugando póquer? —le pregunté. Mi respiración era irregular y no me había corrido en absoluto.

Sus dedos se detuvieron profundamente dentro de mí.

—¿Has ganado dinero de otras maneras?

Negué con la cabeza, me lamí los labios.

—No. Hasta ahora he ahorrado sesenta y cinco dólares. ¡Ahora muévete! —le ordené.

Comenzó a acariciarme de nuevo en los lugares más sensibles de mi interior.

—Impresionante. ¿Planeaste ahorrar lo suficiente para mudarte a una gran ciudad y qué... continuar apostando para ganarte tu sustento?

Sus palabras hicieron que abriera los ojos.

—Puedes considerarme testaruda, Garrison Lee, pero...

Su risa asustó a algunos pájaros que yacían en el pasto y volaron.

—¿Testaruda? ¿Qué tal impetuosa? ¿Decidida? ¿Arrebatada?

—No me he escapado a la ciudad. Todavía. —Empecé a mover las caderas, a montar sus dedos—. Solo guardé mis ganancias.

—¿Te estás follando tú misma con mis dedos? —La comisura de su boca se elevó. ¡Él era tan frustrante! En un momento me preguntaba sobre mis secretos, y al siguiente era oscuro y casi depredador. Ciertamente sabía cómo mantenerme fuera de equilibrio—. Si no hubiera reclamado tu virginidad anoche, si no hubiera visto tu sangre en mis dedos, juraría que tienes una puta dentro.

No me importaba si sus palabras me tachaban de zorra. Quería correrme y quería correrme ahora.

—Necesito mi placer y no me lo estás dando —gruñí.

Con su mano libre, cubrió mi seno sobre mi vestido.

—Ahora que estás casada conmigo, no tienes necesidad de ahorrar dinero. No soy alguien sin medios. Puedo darte lo que tu corazón desee.

—¡Mi *deseo* es correrme! Es el trabajo de mi esposo, creo. —Apreté las manos en puños apretados y luché contra la cuerda apretada. De alguna manera, el estar atada no hacía más que aumentar mi deseo, porque estaba completamente a merced de Garrison. No podía hacer otra cosa que someterme a él, esperar a que me diera lo que necesitaba.

La mano que cubría mi seno se movió debajo de mi falda y tocó mi clítoris demasiado sensible. Estaba cerca, tan cerca, que solo un poco de atención, un mínimo tacto, era todo lo que necesitaba para pasar el límite, para hacerme volar.

Mientras gritaba mi liberación, escuché a Garrison decir:

—¡Eres mía!

7

ARRISON

Era difícil pensar con claridad cuando tenía a una novia tan lujuriosa que se follaba a sí misma con mis dedos. Traté de pensar en cuántos juegos de póquer tuvo que haber jugado para ganar sesenta y cinco dólares, y quise darle unos azotes de nuevo. Pero mi pene estaba demasiado duro, mis pelotas demasiado apretadas y mi necesidad de follar a Dalia era demasiado grande para considerarlo más. Ella parecía tener esa habilidad aguda y podía distraerme fácilmente. Demonios, lo había hecho durante años y eso había sido tan solo con la *fantasía* de tomarla. Me preocupaba que nunca recuperara la cordura.

Tenía mucho que considerar; su deseo de vivir en una gran ciudad, su clara falta de autopreservación, sus secretos constantes. Compartió algunos conmigo, pero solo bajo coacción. ¿Tendría que sacarle siempre las respuestas con azotes?

Además de obtener las respuestas que quería, otro resultado de su castigo fue una vagina muy húmeda. Cuando deslicé mis dedos sobre sus pliegues, los encontré resbaladizos y calientes. Cuando regresáramos a casa, la tomaría como esperaba y comenzaría con el entrenamiento para placeres más intensos, como el de reclamar su dulce trasero. Había visto cómo ese agujero rosa se estrechaba y se cerraba con cada golpe bien colocado de la palma de mi mano. Aunque no podía follarla por el culo ahora —tenía que prepararla para que aceptara mi gran pene— ciertamente, podía presentarle la idea y ver cómo respondía.

Tan pronto como su vagina dejó de contraerse en mis dedos, abrí la cremallera de mis pantalones y saqué mi polla. La punta lloraba con el deseo de enterrarse en ella.

—Arriba, caramelo. —Con una mano en su cadera, la levanté sobre sus rodillas. Me acerqué por detrás y rápidamente tiré del nudo suelto que ataba sus muñecas para liberar sus manos. La bajé para que mi polla encontrara su entrada, su excitación la puso resbaladiza y facilitaba el ingreso.

—Garrison —gimió, aferrándose fuertemente a mis hombros, con sus mejillas sonrojadas y sus ojos vidriosos. La brisa le movió el cabello y este se veía salvaje sobre su espalda.

Sujetando sus caderas, la levanté y la bajé como quería, el calor resbaladizo de ella hizo que mis pelotas se apretaran y que mi semen casi hirviera por dentro. Quería romperle el vestido y desnudarle los senos, pero no tenía otro para sustituirlo. Dalia suspiró y el sonido fue casi de alivio, fue el sonido más dulce y excitante. Necesitaba que la llenara con mi pene. Hacerlo la ponía suave y flexible y nada resistente.

—Es demasiado bueno. —Sus ojos se cerraron y empezó a menearse y a moverse por encima de mí, descubriendo lo que le gustaba. Escaparon pequeños jadeos de sus labios y empezó a apretarme el pene metódicamente.

Sabía que estaba cerca, pero la empujaría más allá, sabía cómo hacerlo.

Deslicé un dedo alrededor de la base de mi polla, donde nos uníamos, cubrí la punta con su humedad antes de rozar su roseta ajustada.

Dalia se encorvó en mi regazo como si fuera una yegua indomable.

—¡Garrison!

Sentí que su vagina empapaba mi pene y sus paredes internas me apretaban.

La observé atentamente por si había algún indicio de desagrado o incomodidad. Aparte de tener los ojos abiertos por la sorpresa, no se resistía a mi toque oscuro. Mi dedo se concentró en su culo, dando vueltas y empujando en su agujero nunca antes probado.

—¿Te gusta? —le pregunté.

Se lamió los labios y comenzó a moverse de nuevo, sus acciones introducían más la punta húmeda de mi dedo en ella, estirando sus músculos resistentes.

—Te gusta. ¡Qué chica tan buena! Tu culo, caramelo, es mío. Muy pronto lo voy a follar. —Vi cómo sus ojos se oscurecían al considerar la idea. Probablemente ni siquiera sabía que fuera posible—. Antes de eso, lo entrenaré. Voy a jugar con él como lo estoy haciendo ahora, pero también voy a llenarlo y abrirlo con tapones. Dios, estás goteando sobre mi regazo. Te encanta la idea, ¿no es así?

Tal vez fueron mis palabras groseras y carnales. Tal vez fue porque se acababa de correr en mis dedos. Tal vez fue la sorprendente sensación de que jugara con su culo, pero se corrió. Me miró con los ojos muy abiertos y su grito se atascó en su garganta. Presionó hacia abajo, enterrando mi pene en su vagina hasta la base, pero también causando que mi dedo le abriera el culo y la llenara hasta los nudillos. Mientras mi polla permanecía quieta, moví mi dedo hacia adentro y hacia afuera. Incluso allí, se apretó, pulsando, apretando, ordeñándome con su liberación.

No podía contenerme más. Mi polla se engrosó y luego latió para expulsar chorros calientes de semen. Gruñí y rechiné los dientes por la intensidad de la liberación. Si así era con solo un dedo en el trasero, estaba ansioso por llegar a casa para continuar con el entrenamiento.

—Vamos a casa, caramelo. Tengo planes para ese trasero tuyo.

———

Le prometí a Dalia que la llevaría de regreso al Rancho Lenox tan pronto como necesitara una muda de ropa. Aunque pensó que sería a la mañana siguiente, la mantuve desnuda durante tres días. En ese tiempo, follamos como conejos. Le enseñé a chuparme la polla e incluso entrené su culo con un pequeño tapón. Le encantó. Nada de lo que hice la asustó, pues mi esposa era notablemente desinhibida, curiosa, y muy ansiosa. Incluso diría que era insaciable. Yo estuve más que dispuesto a cumplir su deseo voraz de follar, porque mi trabajo era atender todas sus necesidades, incluyendo su placer.

Había mantenido mi ira a raya por la compra del caballo que hizo Pringle en Carver Junction. No me importaba el animal, aunque habría completado mis sementales, pero había otros. Estaba frustrado por el impacto continuo de mi padre en mi rancho, incluso desde la tumba. Era *mi* rancho ahora. No tenía que reportarme con él o seguir haciendo lo que me ordenaba. El amargo bastardo había gobernado mi vida lo suficiente. Diablos, si no lo hubiera lanzado el caballo y no se hubiera roto el cuello, habría seguido arruinando el rancho y espantando a todos los que lo rodeaban. Así era como tenía a mi madre.

Mi madre anhelaba la ciudad, igual que Dalia. Odiaba los inviernos de Montana y la pradera desolada. En el fondo, creo que también odiaba a mi padre. Evidentemente, lo suyo no había sido una unión de amor, pero el hombre había sido poco amable y no se había acomodado a ninguno de sus deseos. Si se le hubiera permitido visitar a su hermana en Helena, quizás mi madre no se habría suicidado.

Ahora, irónicamente, tenía una esposa que quería estar en cualquier lugar menos en un rancho y casada con un hombre que lo único que quería estar en un rancho. La diferencia entre mi padre y yo —además de que él era un completo imbécil— era que yo amaba a mi esposa. Yo la *quería*. No, la necesitaba.

Pero Pringle complicó las cosas. Desde que compró el caballo en Carver Junction, le pedí a un ayudante que enviara un telegrama a un hombre de Kansas para que le comprara a Pringle su semental. Le había comprado caballos antes y volvería a hacerlo. Su respuesta fue que llevaría al animal a Cheyenne en tren. Tenía dos semanas para llegar allí y encontrarme con él. Sólo me preguntaba qué pensaría Dalia de todo esto. Acabábamos de casarnos y un viaje a Cheyenne no lo haría fácil.

—No veo por qué necesito montar en tu regazo —murmuró Dalia, su voz contraria. Ella era un puñado muy cómodo y si no dejaba de menearse, llegaría al Rancho Lenox con una erección en el pene—. Tienes al menos cincuenta caballos.

—Sesenta —respondí, mientras dejaba que el caballo marcara su propio ritmo. Era hora de visitar a su familia, asegurarles que estaba viva y casada. Estaba ansioso por recoger sus pertenencias y que se instalara oficialmente en mi casa, en mi dormitorio —en mi cama— para siempre.

—Razón de más para cabalgar por mí misma.

—Asumí que como tienes un gran tapón en el culo tal vez quieras sentarte de lado en mi regazo.

Le di unas palmaditas en el trasero y sentí la parte del tapón que sobresalía de su apretado agujero.

Cerró la boca con un chasquido de dientes y escuché un pequeño gemido escaparse. Sus orgasmos eran mucho más intensos, lo habíamos descubierto cuando jugaba con su culo mientras la follaba. Solo podía imaginarme cómo iba a ser cuando llenara ese agujero virgen con mi polla en lugar de un pedazo de madera lisa. Sonreí por su continua insolencia y la forma más fácil de controlarla. Jugar con su vagina y su culo —incluso con sus bonitos pezones rosados— era más efectivo que un azote.

—No sé por qué insistes en que lo mantenga adentro cuando visitamos a mi familia. Nunca me habías hecho tener uno así tanto tiempo.

Cuando llegamos a la casa grande, murmuré:

—El tapón es para estirar el culo y así poder follarte allí finalmente, como tantas veces me pides que haga, pero por ahora, es para recordarte que me perteneces.

—¿Cómo puedo olvidarlo cuando tengo tu semen goteando por mis muslos? —susurró, con su aliento cálido ventilándome la oreja. Sentí mi polla moverse. La idea de que mi semen la llenara, que se desbordara de su vagina, hizo que todos mis instintos básicos salieran a la luz. Me sonrió y supe que sentía su poder sobre mí. Aunque ya la había llenado con mi semen e insistía en que mantuviera el tapón dentro de su culo, ella me tenía sujetado por las pelotas. Puede que yo sea el dominante en el matrimonio, pero no había duda de que Dalia tenía todo el poder. Cuando escuché el portazo de la puerta trasera de las Lenox, tuvo suerte de que no la arrojara sobre mi hombro y me la llevara detrás de un árbol para salirme con la mía. Con tapón y todo.

———

DALIA

—¿Te casaste con él? —chilló Lirio desde el porche.

No había ninguna posibilidad de que alguien en la familia Lenox pudiera perderse la familiaridad de nuestras posiciones sobre el caballo cuando llegamos. Con suerte, no tendrían idea de que tenía un trozo de madera lisa y muy grande llenándome el trasero.

—De lo contrario, no estaría sentada en su regazo —comentó la señorita Esther. Su boca se frunció y me miró cuidadosamente. Ella era la más estricta de las dos mujeres que me habían adoptado junto a las otras siete niñas después del incendio.

—Sí, me *casé* con él —respondí mientras Garrison me bajaba al suelo y luego desmontaba. Caléndula y Lirio se volvieron y se abrazaron, luego empezaron a charlar. Azucena salió al porche para acompañarlas y le contaron mi noticia rápidamente—. ¿No te avisaron?

La señorita Esther asintió.

—Por supuesto, su esposo envió a un hombre el otro día.

—¿De verdad estás casada? —preguntó Lirio con sus ojos brillantes de emoción—. Pensé que habías ido a Carver Junction a visitar a tu amiga.

Garrison se puso de pie a mi lado y contuve la respiración, esperando a que me delatara.

—Su amiga es muy amable —dijo, tomándome

completamente por sorpresa. Me volví para mirarlo, con la boca abierta—. La señorita Banks... —inclinó la cabeza y me miró— fue una anfitriona amable cuando llamé. Se ocupó de *cada una* de mis necesidades.

Mis mejillas se sonrojaron ardientemente por su insinuación, pero afortunadamente ninguna de las demás lo notó.

—¡Garrison, se suponía que yo debía ser una dama de honor, la chica de las flores! —dijo Amapola, haciendo pucheros.

—Ya lo eres —contestó—. Todas lo son. —Se sonrojó por la atención del hombre y apartó la mirada.

—La señorita Trudy fue a visitar a Rose —comentó la señorita Esther, limpiándose las manos en su delantal. Siempre estaba cocinando algo, y por el polvo de harina que dejó atrás, imaginaba que era una tarta—. Chance quiere que esté calmada ahora que está embarazada. Parece apto para mantener calmada a esa mujer. —Rose compartió la noticia hace un mes. Aunque estaba claramente entusiasmada con la idea de un bebé, parecía tener miedo al concepto. Nunca había sido tan maternal como lo sería Jacinta cuando llegara el momento, pero sabía que probablemente cambiaría de opinión una vez que tuviera a su bebé en sus brazos.

La señorita Esther negó con la cabeza y entró en la cocina.

—Supongo que querrán un poco de café.

—No podemos quedarnos mucho tiempo, señora —contestó Garrison, tomando mi codo mientras subíamos los pocos escalones que conducían al porche—. Me necesitan en el rancho. He faltado durante varios días.

Ella se giró y le dio una mirada, sabiendo *exactamente* por qué había faltado. Yo no solo sabía la razón, sino que la sentía en mi trasero.

Criar caballos y venderlos a través del territorio e incluso más lejos, en Wyoming y las Dakotas, era muy próspero para él. El tamaño de la tierra y de su —nuestra— casa eran signos de su éxito. Puede que le gustara controlar cómo se manejaba su negocio, pero tenía rancheros muy hábiles para cuidar de los animales durante días y semanas si era necesario.

—Dalia, tú sabes dónde están las cosas.

Fui a la alacena y tomé tres tazas y las llevé a la estufa, donde siempre había una jarra de café caliente y fresco.

—Dame una taza también —dijo Azucena.

Yo servía a todos mientras mis hermanas atacaban a Garrison con preguntas. Él respondía con facilidad o esquivaba una respuesta con destreza y habilidad. No todo el mundo podía manejar a mis hermanas fácilmente, pues eran abrumadoras y ruidosas. Mientras que Garrison estaba familiarizado con todas las Lenox, nunca había estado dentro de la casa, solo venía a la puerta principal para llamar. Nunca antes había visitado a tantas de nosotras a la vez. Ni siquiera podía recordar si alguna vez había tenido una conversación con la señorita Esther, aparte de saludarla después de la iglesia o de desearle un buen día mientras pasaban por la ciudad. Debía de ser un poco inusual para ella tener ahora al hombre casado con una de sus hijas.

Me agaché, con mucho cuidado, en una silla a su lado. Coloqué mis antebrazos sobre la mesa y me incliné hacia adelante para no poner peso sobre el tapón.

Vi los labios de Garrison inclinarse hacia arriba ante mi predicamento y entrecerré los ojos.

—¿Por qué estuviste en Carver Junction, jovencito? —preguntó la señorita Esther, alejando su atención de mí.

Garrison tomó un sorbo de su café.

—Fui a comprar un caballo.

—¿Encontraste lo que buscabas?

Garrison me miró y tomó mi mano en la suya.

—Claro que sí. —Después de un momento, se volvió hacia la señorita Esther otra vez—. En cuanto al caballo, ya había sido comprado.

—Dalia, ¿por qué estamos hablando de caballos cuando podemos hablar de otras *cosas*? —preguntó Lirio. Apoyó la barbilla en la palma de su mano y miró a Garrison fijamente—. ¿Cómo te lo pidió?

Me aclaré la garganta.

—Él... se arrodilló, por supuesto.

Garrison me apretó la mano.

—Fui tan persuasivo que no pudo negarse.

Me atraganté con mi café.

—¿Qué hay de tus planes de mudarte a la ciudad? —preguntó Amapola.

—Hemos estado demasiado ocupados para conversar sobre cualquier tema —le dijo Garrison, haciendo reír a mis cuatro hermanas.

—¿Dónde está Margarita? —pregunté. Ella era la única hermana soltera que no estaba presente, lo cual fue una sorpresa, ya que ella y yo éramos las más cercanas. Asumí que se pondría furiosa porque no se lo dije primero.

—Está en la ciudad con Jacinta y Jackson.

—Tiene los ojos puestos en el doctor James —dijo Azucena, con su voz suave y melodiosa como si fuera *ella* a quien le parecía atractivo al médico del pueblo—. Margarita esperaba poder verlo.

La señorita Esther negó con la cabeza e hizo un sonido de desaprobación.

—Esa chica se va a decepcionar mucho. El doctor James está en la granja Nelson trayendo al mundo al bebé.

Aunque yo sabía del interés de Margarita por el doctor —me lo había dicho una y otra vez en los últimos meses— no sabía cómo la señorita Esther estaba al tanto del paradero de ese hombre.

—Tendremos una celebración de boda —dijo la

señorita Esther, poniéndose de pie para recuperar su pequeño diario de escritura y comenzar a escribir en él—. El próximo fin de semana podría funcionar. Lo anunciaremos en la iglesia el domingo. Con un picnic.

—Es muy amable de su parte, señorita Esther, pero ese fin de semana no podrá ser —dijo Garrison.

Ella se detuvo y levantó la vista.

—¿Por?

—Compraré un caballo en Cheyenne y debo ir a buscarlo al depósito de trenes de allí.

—¿Un caballo en un tren? ¡Imagina eso! —exclamó Caléndula.

Saqué mi mano de debajo de la de Garrison y lo miré. No había manera de ocultar mi sorpresa, ¡porque esto era nuevo para mí! ¿Me iba a dejar para ir a Cheyenne? Estaba a cientos de kilómetros de distancia. ¿Pensaba marcharse sin despedirse?

—Debería ir a empacar mis cosas —murmuré, poniéndome de pie. Garrison me miró, pero no dijo nada.

—Dalia, ¿no estarás molesta porque tu esposo te va a dejar? —preguntó Lirio.

Mi columna vertebral se endureció con la pregunta. Lirio no tenía absolutamente ninguna habilidad para ser sutil o para reconocer que algo andaba mal. ¿Cómo no se dio cuenta de que me estaba cambiando por un caballo?

Puse mi habitual aire descarado de indiferencia y sonreí, aunque forzadamente.

—Por supuesto que no —le contesté. Estaba agradecida de escuchar que mi voz sonó tranquila, aunque mi corazón se rompía por dentro. Seguramente Garrison regresaría de Cheyenne, pero su viaje marcaría la pauta de cómo sería nuestra vida juntos. No *sería* realmente con una vida *juntos*. ¿Realmente tenía yo todo de él para empezar? ¿O era solo otra *cosa* para que él la comprara?—. Garrison ha sido una gran distracción para mí. Cuando él se marche, podré ocuparme de las actividades que he descuidado.

La mandíbula de Garrison se desencajó y no me detuve para que me arrastrasen a una conversación con Lirio sobre esto. Ya la situación era bastante difícil como era. Corrí a mi habitación y tomé mi bolso.

Solo había doblado tres vestidos cuando Garrison se paró en la puerta. Entró en la habitación con una rápida mirada y luego se concentró en mí.

—¿Qué demonios fue eso? —murmuró.

Mantuvo la voz baja, porque a pesar de que estábamos en el segundo piso, estar solos podía cambiar en cualquier momento. Además, yo sabía lo entrometidas que eran todas mis hermanas, porque yo también lo había sido cuando Jacinta y Jackson estaban solos como nosotros estábamos ahora.

Arrojé un vestido en el bolso.

—¿Qué quieres decir? —le contesté ásperamente.

—¿Piensas volver a hacer tus viejas payasadas?

—¿Payasadas? ¿Es así como llamas a lo que hago con mi vida?

Permaneciendo callado, Garrison se irguió con hostilidad. Nadie más me irritaba como él. Nadie más me hacía sentir caliente, mojada y ansiosa tampoco.

Me encogí de hombros mientras doblaba otro vestido.

—¿Por qué no? Contigo fuera, no pasaré todo el tiempo follando, así que podré ocuparme de otras cosas.

Cruzó los brazos sobre su pecho y se recostó en la pared.

—¿Retomarías el póquer de nuevo, incluso en contra de mis deseos?

Lo miré por encima de mi hombro.

—¿Quién dijo algo de póquer?

Me señaló.

—Conozco ese tono, caramelo, y no creas que no te voy a dar una paliza aquí y ahora mismo.

Me volví para mirarlo, puse las manos en mis caderas.

—No te atreverías.

—Lo haría, y lo sabes —suspiró, luego bajó la voz y continuó—: Te vienes conmigo a Cheyenne.

Mis brazos cayeron a mis lados.

—¿Me llevas a Cheyenne porque no puedes confiar en que no me voy a meter en problemas?

Se inclinó y bajó su voz aún más:

—La forma en que estás actuando ahora me lo hace cuestionar, sí. Pero vendrás conmigo porque siempre estuvo en mis planes que me acompañaras.

Mi boca se abrió. ¿Siempre consideró llevarme? ¿De verdad? ¿O lo decía ahora para ocultar el hecho de que no podía confiar en mí? Era mucho más fácil esconder mi dolor detrás de mi fachada de bromas.

—Dijiste que no iría.

Negó con la cabeza lentamente.

—Nunca dije semejante cosa.

—Sí, tú...

Puso sus dedos sobre mis labios.

—Lirio asumió que te iba a dejar y lo dijo. No pude evitar que creas en sus palabras, en vez de preguntarme a mí—. Se pasó una mano por la nuca y se alejó, caminando por la pequeña habitación—. ¿Por qué, Dalia? ¿Por qué demonios te imaginaste que te iba a dejar? ¿Te he dado alguna sospecha de que quiero estar tan lejos de ti?

—Yo... quiero decir, bueno... —balbuceé. En realidad, él no había hecho nada de eso. Simplemente asumí que me dejaría. Ya no dudaba de que mis cicatrices fueran un obstáculo para él, pero en el fondo sabía que la gente que amaba me había abandonado, tal como mis padres lo habían hecho. Era más fácil resignarme a ello, ahuyentar a Garrison que compartir mi dolor con él. Si no me gustara *él*, sería más fácil tolerar que me dejara.

Garrison acortó los pocos pasos entre nosotros.

—Tienes mi tapón dentro de tu culo. ¿Crees que quiero esperar todas las semanas que estoy fuera para follar ese agujero apretado y virgen?

Sentí que el calor me recorrió todo el cuerpo. Sus palabras, su voz, la forma en que me acarició la mejilla con la parte posterior de sus nudillos mientras hablaba hizo que mi cuerpo reaccionara. Mis pezones se apretaron, mi vagina se suavizó y apreté el vergonzante objeto dentro de mi trasero.

—Te conozco, Dalia Lee. Sé que no eres tan contraria como dices. Sé que todo es una actuación para ocultar tus miedos.

Mi boca se abrió.

—¿Qué...?

Tomó mis hombros, se dobló en la cintura y me obligó a mirarlo a los ojos.

—No te voy a dejar. Eres mía y no tienes que fingir conmigo. No tienes que fingir ser fuerte.

¿Podía ver todo eso?

—Garrison, yo... tengo miedo, miedo de perderte a ti también.

Sabía que me refería a mi familia, porque todos murieron y me dejaron sola.

—No voy a ninguna parte, caramelo. Además... —agregó, cambiando de tema afortunadamente—. Estás tan jodidamente empeñada en ir a una gran ciudad que pensé que te gustaría Cheyenne. No es tan grande como Denver, pero creo que verás que hay mucho que ver y hacer.

¿Cómo podría estar enfadada con Garrison si estaba siendo tan considerado? ¿Tan perspicaz? Quería llevarme y quería que viera una ciudad. Él me había escuchado, había escuchado mis deseos y trataba de cumplirlos. Me dijo que su trabajo era darme placer, y ciertamente lo lograba con gran destreza masculina, también lo hacía al permitirme que yo lo acompañara.

Me aclaré la garganta y le di una sonrisa.

—Te he dejado sin palabras —dijo. Se inclinó y me acarició el cuello.

—Garrison —exclamé, incitándolo, inclinando mi cabeza a un lado.

—Tan solo saber que tu culo está lleno me ha tenido duro toda la mañana. —Me mordió el lóbulo de la oreja y jadeé—. Quiero hacerte correr.

—No podemos —susurré.

—Podemos y lo haremos. Solo me pregunto si podrás permanecer callada —murmuró, soltando los botones de mi cuello.

Sonreí.

—No creo que pueda. Eres demasiado bueno.

Sentí una vibración profunda en el pecho de Garrison bajo la palma de mi mano.

—Creo... creo que Jacinta y Jackson hicieron esto un día —murmuré.

—¿Qué? Follar en su habitación —preguntó mientras besaba el hueco sobre mi clavícula.

—Eso creo. —Miré hacia el techo y luego mis ojos se cerraron mientras me mordía un lugar sensible en el hombro—. Hubo... hubo algo de ruido, algunas voces, crujidos. Ahora reconozco las señales.

—Date la vuelta. —Me giró por los hombros y me dirigió con una inclinación de su barbilla—. Acuéstate en tu cama sobre manos y rodillas.

Cumplí, ajustándome la falda para que no quedara atrapada debajo de mí. Cogió el dobladillo y lo subió hasta mi espalda. Lo miré por encima del hombro. Mi trasero estaba arriba en el aire y frente a él, completamente desnudo desde que había roto la última de mis bragas. Podía ver *todo*, mi vagina, que sabía que estaba mojada, y el extremo del tapón que me estaba separando el trasero. Dio un paso más cerca mientras me miraba allí. Todo lo que tenía que hacer era abrirse los pantalones y yo estaría en perfecta alineación para follar. Pensar en ello hizo que mi humedad goteara por mis muslos. Garrison tiró del tapón.

—Tendré que pensar en esas tendencias tuyas, como escuchar a los demás mientras follan. Dime, ¿crees que Jackson tenía un tapón dentro del trasero de Jacinta?

Respiré en pequeños jadeos mientras comenzaba a

sacar el objeto de mi cuerpo, y todos los pensamientos de mi hermana y su nuevo esposo se esfumaron. Suspiré cuando el tapón se salió de mí. Lo arrojó al edredón. Me sentí vacía, abierta y muy expuesta.

Pasó su pulgar sobre mis pliegues resbaladizos y luego de vuelta a mi trasero, que estaba tratando de cerrarse. No le dio ninguna oportunidad, porque con el ungüento que usó originalmente para introducir el tapón, estaba muy resbaladiza. Presionó su pulgar dentro de mí con facilidad, sus dedos y la palma de su mano descansando sobre los globos de mi trasero.

—¡Garrison! —grité.

—Shh —canturreó mientras meneaba su pulgar dentro y fuera de mi trasero, moviéndolo de lado a lado para estirarme más. Fue como los azotes que me había dado hace unos días, un poco incómodo, y arrugué la cara ante la sensación. Hubo un poco de dolor, pero el placer que lo acompañaba era demasiado grande para negarlo. Me encantaba cuando me tocaba, bueno, en todas partes, pero el juego del culo —como él lo llamaba— era algo.... increíble. Quizás fue porque Garrison era el que me tocaba, porque era tan hábil, tan experto en saber exactamente lo que yo necesitaba. Sabía que debía empujarme, llevarme a lugares carnales nuevos y sorprendentes o simplemente follarme suave y casi dulcemente—. No quieres que tus hermanas sepan lo que estamos haciendo. Definitivamente menos la señorita Esther.

Negué con la cabeza. No quería que supieran lo que mi esposo me hacía, que tenía el pulgar hundido en mi entrada trasera. Seguramente sabían que habíamos consumado nuestro matrimonio, pero eso significaba su polla en mi coño. Dudaba que alguna de ellas creyera que dejaría que Garrison jugara con mi trasero.

Hace una semana, yo tampoco lo habría hecho, pero ahora, ahora las sensaciones que se despiertan allí no se parecen a nada más. Era grosero, caliente, oscuro y carnal, y se sentía... oh, tan bien. La primera vez que pasó un dedo por esa delicada abertura, me corrí. Era como si fuera la única cosa que faltaba para llevar el acto de follar de bueno a increíble. No había vuelta atrás a la forma regular de follar, y dudaba que Garrison lo aceptara, aunque yo lo deseara.

Ciertamente me arruinó para todos los demás. Tampoco era que quisiera a alguien más.

Mis caderas empezaron a moverse por propia voluntad, empujando hacia atrás para tomar todo lo que Garrison podía ofrecer.

—Todas las noches, caramelo. Todo el día, te follaré en la carreta, en el hotel, demonios incluso en un burdel si quieres que te exhiba. No puedo pasar unas pocas horas sin tu delicioso cuerpo. ¿Por qué pensaste que me iría por un mes entero?

Me agaché sobre mis antebrazos y dejé caer mi cabeza sobre el frío edredón.

—Yo... Te necesito, Garrison.

—Buena chica. —Escuché el sonido cuando se abrió los pantalones, luego sentí la cabeza ancha de su pene que se deslizaba sobre mis pliegues sensibles—. Tu vagina, por ahora.

Se deslizó dentro de mí, extendiendo mis labios alrededor de su grueso pene. Se introdujo más y más profundo hasta que llegó al fondo. Con su pulgar enterrado dentro de mi culo, estaba increíblemente apretado.

—Oh, Dios mío —susurré. Mi piel estaba húmeda por la transpiración, mis dedos clavados en el edredón. Era demasiado, las sensaciones que Garrison podía arrancar de mi cuerpo. Con una mano en mi cadera, comenzó a moverse, hacia adentro y hacia afuera, no solo su pene, sino también su pulgar, en movimientos alternados.

—Eres tan hermosa —susurró—. Esos lindos lazos rosados que sostienen tus medias, tus muslos cremosos justo encima de ellas. Me encanta ver mi pene deslizarse dentro y fuera de tu vagina, la forma en que tus labios rosados están abiertos alrededor de la base de mi pene. Y tu culo, me encanta ver mi pulgar pinchándote el culo, sintiendo que te aferras a él como si quisieras más. Más profundo. Más grande.

Sus susurros eran rústicos con su respiración profunda y me mordí el labio para no gritar. Estaba cerca, tan cerca que hasta las puntas de las orejas me hormigueaban. Aunque yo siempre tenía el control, planificaba mi vida despiadada y meticulosamente, cuando estaba debajo de Garrison, cuando él me follaba, yo sabía que estaba bien y verdaderamente dominada. No había nada que pudiera hacer excepto tomar lo que Garrison quisiera darme.

Estaba en mi antiguo dormitorio, solo una puerta me separaba de cualquiera de mis hermanas que pudiera pasar. No había cerradura y Margarita podía —y lo haría— entrar como a menudo lo hacía sin ningún interés en mi privacidad. En lugar de que la idea de ser atrapada amortiguara mis sensaciones, me empujó aún más cerca del clímax.

—Te vas a correr tan duro, caramelo, y vas a estar callada. Esta vez. Cuando lleguemos a casa, me haré cargo de ti de nuevo y podrás gritar todo lo que desees.

Asentí contra el edredón, sabiendo que tampoco tenía otra opción que correrme. Si quisiera que me corriera, estimularía mi cuerpo sin piedad hasta que lo hiciera. Era un maestro en eso. Él era mi amo y no había otro lugar donde quisiera estar. Nadie más a quien quisiera llamar así.

Ajustó mis caderas y empujó profundamente, acariciando algún lugar secreto dentro de mí. Eso fue todo lo que hizo falta para que me corriera. Mi mundo explotó, el placer fue tan intenso que ni siquiera pude gritar. Mi cuerpo se puso tenso y rígido mientras Garrison seguía penetrándome. El sonido de sus caderas golpeando las mías, el sonido húmedo de follar llenaba el aire. Garrison acariciaba dentro de mí dándome placer y solo cuando comenzó a disminuir, cuando pude recuperar el aliento, lo sentí engrosarse, alargarse y enterrarse hasta la empuñadura. Sus dedos apretando mi cadera eran la única indicación de que se correría hasta que sentí que su semen caliente me llenaba hasta rebosar. Mientras se salía lentamente y sacaba su pulgar de mi culo, su semen corría por mis muslos. Me tumbé allí, con el trasero en el aire, para recuperar el aliento. ¿Podría alguna vez recuperar el aliento con Garrison?

8

 ARRISON

Cheyenne era caliente y ventoso. Nunca estuve en la ciudad sin que soplara el viento. Cuanto menos tiempo pasara en la ciudad, mejor, porque me sentía acorralado con toda la gente que me rodeaba. A Dalia, sin embargo, parecía gustarle. Habíamos ido a varios restaurantes diferentes e incluso a un concierto al aire libre. Quería apaciguar su avidez por estas atracciones y luego, una vez que el tren llegara con el caballo, dejar todo atrás.

Me preocupaba no ser suficiente para ella, que follarla día y noche, complacerla más allá de toda medida —incluso diciéndole que la amaba— no fuera suficiente para retenerla. La atracción de la ciudad era fuerte para alguien con la personalidad de Dalia y era posible que no quisiera irse cuando llegara el momento. Aunque ella era mi esposa y yo podía forzarla fácilmente, no quería que estuviera amargada y enfadada conmigo por haber arruinado su vida. Recordé esas palabras claramente cuando mi madre se las gritaba a mi padre. *Arruinaste mi vida*. Aunque no podía permitir que Dalia me dejara, no la obligaría a quedarse.

Necesitaba a alguien que controlara su comportamiento impetuoso. También pude liberar su energía incansable follándola. Era una conexión entre nosotros, un terreno común en el que el legado de mi padre no me atormentaba, y Dalia no pensaría en dejarme por una nueva vida. No era una dificultad para ninguno de los dos. Solo el aroma de su cabello, la curva ligera de su labio, tenían mi polla lo suficientemente dura como para clavar clavos. Por esa razón, en lugar de odiar la forma en que el polvo se levantaba de las calles, consideré que sería una buena razón para darnos un baño al llegar a nuestra habitación de hotel y ver a mi esposa desnuda.

Me recosté en la silla de la habitación del hotel, con las piernas separadas, los pantalones abiertos y la polla dura en mi mano. La acaricié lentamente mientras la veía bañarse, enjabonando sus brazos y luego pasando una toalla húmeda sobre ellos.

—¿Vas a hacer eso todo el tiempo? —me preguntó.

Su cabello estaba amontonado sobre su cabeza en un moño descuidado, su rostro rosado por el calor y el vapor que emergía de la bañera. Sus senos flotaban y sus pezones rosados simplemente sobrepasaban la superficie del agua. Su piel expuesta estaba mojada y era una de las imágenes más eróticas que jamás había visto.

—Estoy haciendo tiempo, caramelo, hasta que salgas. Entonces, te llevaré a la cama y no te dejaré salir hasta la mañana.

Me lamí los labios mientras me acariciaba lentamente y vi su sonrisa cuando sus pezones se tensaron. La idea también le atraía.

—Luego será tu turno de lavarte —contestó ella.

—Solo si te sientas aquí y juegas con tu linda vagina mientras lo hago.

Me miró con una expresión de sorpresa fingida, con una mano en su pecho.

—Señor Lee, yo *nunca* lo haría.

Bajó la mirada y observó cómo una gota de fluido se deslizó por la cabeza de mi pene hacia mis dedos. Pensar en observarla me tenía cerca de correrme.

—Sí, lo harías.

Si me corría ahora en lugar de esperar a estar dentro de ella, duraría toda la noche.

—Me voy a correr y tú vas a observar. Después será tu turno.

—¿Quieres que me haga correr a mí misma? Pensé que ese era tu trabajo.

No había dejado que se tocara sin mí y solo había llegado al clímax con mi mano o mi pene desde nuestra boda.

—Lo permitiré esta vez ya que estaré observando.

Con mi mano libre, me acerqué a la mesita de noche y agarré un tapón nuevo y mucho más grande. En el viaje desde el Territorio de Montana solo había jugado con su culo, lo preparé para que tomara los dedos más fácilmente, para mantener un tapón dentro por un período más largo de tiempo. No la había reclamado allí. Todavía. Levantándolo para que lo viera, dije:

—Estarás de rodillas en esta silla, de espaldas a mí, con tu trasero en alto. Te meterás este tapón mientras yo miro, luego jugarás con tu pequeño y duro clítoris y te harás correr.

Se mordió el labio y vi cómo sus mejillas se encendían aún más y todo su ser se transformaba con una rápida excitación. La idea de que yo viera *todo* la tenía muy ansiosa. Una vez que supo que su cuerpo era perfecto, que me calentaba, que me ponía duro, desapareció cada indicio de modestia. Ella era atrevida y descarada y conocía su poder sobre mí. Le *gustaba* estar expuesta y saber que yo estaba observándola y casi jadeando por ella.

Pero como lo primero es lo primero, quería correrme. Comencé a acariciar mi pene de verdad y mis caderas se movieron. Hice un gesto con mi barbilla para darle una indicación:

—Enjabona tus senos y juega con tus pezones.

Hizo lo que le pedí y no pasó mucho tiempo antes de que estuviera cerca. Me puse de pie, di unos pasos hacia el lado de la bañera mientras mi mano seguía bombeando. Apunté mi polla a sus senos mojados y cuando mis pelotas se apretaron, disparé chorros espesos de semen sobre ella. Cuando recuperé el aliento, me agaché junto a la bañera con mis pantalones todavía abiertos.

—Parece que estás toda sucia otra vez. —Le quité el jabón de los dedos—. Puede que tenga que ayudar con eso.

DALIA

Garrison me despertó del sueño para besarme y decirme que iría hasta donde estaba el tren. Había llegado temprano, con su silbido anunciándolo. No era de extrañar que no lo escuchara, pues Garrison había cumplido su palabra y me tuvo en la cama —y bien ocupada— hasta tarde por la noche.

—Duerme. Volveré cuando el caballo esté listo. —Quería ir con él y le dije justo eso—. Habrá demasiada gente y estaré concentrado en el caballo. Si tengo que preocuparme por ti, me distraeré.

Confundida por el sueño, entendí que sus atenciones se dispersarían si lo acompañaba. La cama era cómoda y mi cuerpo estaba deliciosamente cansado.

—Vuelve pronto —murmuré.

Besándome la frente mientras me ponía las sábanas alrededor, me lo prometió y salió por la puerta. No volví a despertarme hasta que el sol entró por la ventana. Me vestí y bajé al comedor para desayunar. Era tarde por la mañana y el salón no estaba lleno. Miré por la ventana hacia la calle donde observé el bullicio de la mañana en la ciudad ajetreada. A pesar de que disfrutaba Cheyenne, deseaba volver a casa. El Territorio de Montana casi estaba llamándome para que regresara.

—Ese nuevo esposo tuyo te mantiene bien ocupada. —Levanté la vista de mi plato a tiempo para ver a un hombre que se sentaba frente a mí. Mi sorpresa ralentizó mi pensamiento.

—Te conozco —le contesté, tratando de reconocerlo. Estaba bien vestido, limpio y prolijo. Su cabello estaba peinado y su bigote recortado.

—Deberías. Fui testigo de tu matrimonio.

Un escalofrío de aprensión me hizo limpiar mis labios con una servilleta, permitiéndome un momento para pensar.

—Estamos muy lejos de casa. Esto no es una coincidencia, ¿verdad?

Sonrió y negó con la cabeza. Para los demás en el restaurante, parecía amable y modesto, pero yo pude ver la frialdad en sus ojos, su sonrisa falsa.

—Además de ser una potra atractiva, también eres inteligente.

Miré hacia la entrada.

—Mi esposo vendrá aquí a acompañarme en un momento.

Se inclinó hacia delante, con sus antebrazos sobre la mesa mientras negaba con la cabeza.

—Tardará un poco más. El vagón que lleva a su caballo está detrás y tardarán en mover el tren lo suficiente como para llegar a la rampa.

Si se hubiera tratado de un tronco o un paquete grande lo que tuviera que ser reclamado, se podría bajar fácilmente. Pero un caballo no podía saltar de tal altura sin romperse una pierna, por lo que se requería paciencia hasta que el tren se moviera para que el animal pudiera conducirse con seguridad.

—Muy bien. ¿Qué es lo que quieres de mí?

Puse mis manos en mi regazo y me apreté contra el respaldo alto de mi silla.

—Dinero.

Me sentí ligeramente aliviada por su respuesta, ya que era el hombre que se había ofrecido como voluntario para casarse conmigo si no hubiera querido a Garrison. Había bromeado entonces, pero si el hombre me siguió cientos de millas, ya no podría estar tan segura.

—Le aseguro que no tengo.

Negó con la cabeza lentamente.

—Sé que tienes mucho. Además, tu esposo tiene muchos bolsillos.

—En todo caso, no traigo ninguna cantidad grande conmigo y Garrison no me ha dado ningún tipo de dinero.

El sudor bañó la frente del hombre. No estaba tan tranquilo como parecía en un principio.

—Entonces no tendrás problemas en ganarlo para mí.

—¿Ganar para ti? —Fruncí el ceño y cuando me di cuenta de su intención, me incliné hacia adelante y susurré—: ¿Te refieres al póquer? —Asintió—. ¿Por qué debería hacerlo por ti?

Los ojos del hombre se movieron de un lado a otro.

—Realmente no quiero matar a tu esposo, pero lo haré si es necesario.

Mi corazón se aceleró hasta detenerse en mi pecho. Aunque estaba a salvo en un salón lleno de gente, tenía miedo. Mucho, mucho miedo del hombre que tenía frente a mí.

—¿Por qué tendrías que... matar a Garrison?

—Porque debo dinero. Tengo una deuda de juego y tengo que pagarla. Un hombre me ofreció lo suficiente para cancelarla, pero tendría que matar a tu hombre. No quiero hacerlo, de verdad que no, pero estoy desesperado.

La desesperación no era algo bueno. La mente de la gente se enfocaba singularmente y actuaba de manera irracional. Lo sabía de primera mano, ya que mi necesidad de dejar el rancho y mi familia había sido lo suficientemente fuerte —lo suficientemente desesperada— como para aventurarme a meterme en cantinas peligrosas y en apuestas. Este hombre era un ejemplo de ese peligro que yo había traído no a mí, sino a Garrison.

—Ya estás lo suficientemente lejos del Territorio de Montana. Por qué no continuar y empezar una nueva vida en otro lugar —le sugerí. Vi verdadero miedo en sus ojos.

—Están vigilando a mi esposa. Si no regreso dentro de dos semanas, le harán daño. —Se inclinó, su mirada se estrechó y su mandíbula se apretó—. No mataré a tu hombre si ganas el dinero que necesito.

Tragué con fuerza.

—¿Por qué no juegas *tú* y recuperas el dinero?

—Te vi jugar. Eres buena. No sé si haces trampas o cuentas cartas o simplemente tienes suerte.

—No puedo ocultarle algo así a Garrison. Lo

admito, me tienes atemorizada y nerviosa y él sabrá que algo anda mal.

Inclinó la cabeza hacia el vestíbulo.

—Nos vamos a ir ahora antes de que regrese.

Miré a mi alrededor. Aunque había personas cerca, este hombre estaba desesperado. Su esposa estaba en peligro y él haría cualquier cosa para salvarla. Yo sentía lo mismo, porque *él* me estaba poniendo en la misma situación. Si gritaba y causaba un revuelo en el restaurante, él definitivamente seguiría adelante con lastimar... no, matar a Garrison. Tenía que hacerlo para salvar a mi esposo.

—¿Ahora? Son las diez de la mañana.

—Ya has estado en cantinas antes. Siempre hay un juego.

¿Qué pensaría Garrison cuando no me encontrara? Seguramente, pensaría que lo dejé para quedarme en la ciudad. Había sido mi sueño y ese sueño nos había metido en este embrollo para empezar. Pensaría que lo traicioné, que no lo amaba. Pensaría que no quería ser su esposa, que elegiría un estilo de vida tonto de la ciudad en lugar de un hombre que llenaba cada lugar vacío de mi corazón.

No me querría, porque había dejado claro, expresamente, que yo ya no iba a jugar más al póquer. Cuando me encontrara, me rechazaría, no me querría como su esposa. ¿Por qué lo haría? ¿Por qué *debería* hacerlo? Yo solo era una mujer frívola con afición a las apuestas, que elegiría a Cheyenne antes que a él. Yo sabía cómo hacer dinero y podía sobrevivir fácilmente en la ciudad por mi cuenta sin él. Garrison tomaría su caballo y se iría a casa, al menos sabiendo que yo había conseguido exactamente lo que quería desde el principio.

El dolor en mi pecho era tan grande que puse mi mano allí y lo froté. Asentí y me puse de pie, seguí al hombre afuera del hotel. Preferiría tener a Garrison vivo y odiándome antes que muerto, así que hice lo que el hombre quería.

9

 ARRISON

Fue una larga mañana, más larga de lo que hubiera querido que me tomara recoger el caballo del tren y acomodarlo en la caballeriza. Estaba cansado —toda la noche follando hasta altas horas de la madrugada significaba poco sueño—, sudoroso y olía a caballo. Todo lo que quería era darme un baño y tomar una siesta con mi esposa. Cuando volví a la habitación, no encontré a Dalia como esperaba. No la había visto en el vestíbulo cuando pasé y el restaurante se mantenía cerrado entre comidas. La cama estaba deshecha y su aroma, el olor de hacer el amor todavía colmaba el aire.

¿Adónde diablos se había ido? Fue entonces cuando vi la nota en la mesita junto al anillo de bodas de oro que había pertenecido a mi madre. Mi corazón saltó a mi garganta y se desplomó al verlo. Lo sabía. *Lo sabía*. Se había ido.

Las dos mujeres eran muy parecidas, tanto ella como mi madre eligieron dejarme por el sueño de una maldita ciudad. No fui suficiente para mi madre y claramente no fui suficiente para Dalia. Le había dado exactamente lo que quería, una visita a una gran ciudad. Esperaba que lo disfrutara, y luego quisiera estar conmigo, regresar al rancho y compartir una vida conmigo. Pero no. No.

Lo siento. D

Eso fue todo. Ningún "te amo". Nada parecido. Nunca me dijo las palabras. Nunca. Yo se las había dicho más temprano y no había duda de mis sentimientos por ella. Fueron reiterados en gestos, palabras y acciones. Sabía de mi amor y lo rechazó. Lo aplastó con su bota.

Arrugué el papel en mi puño. Si se iba a ir, tenía que decírmelo en la cara, decirme que ya no me quería. Mi madre no se despidió. Fue una cobarde. No dejaría que Dalia tuviera la misma oportunidad.

La busqué por toda la ciudad. En los hoteles y pensiones, restaurantes y tiendas, busqué por todas partes donde podría haber estado. La encontré donde menos esperaba. Pasé por una cantina y la vi a través del cristal de la ventana. No debería haberme sorprendido de verla allí. Demonios, debería haber buscado en todas las cantinas primero. Su espalda era todo lo que vi, como lo había sido en Carver Junction. Estaba en una mesa con otros tres hombres jugando al póquer, como en Carver Junction.

Cerré mi mandíbula y apreté mis dientes. No solo decidió dejarme, sino que había empezado a jugar al póquer en las primeras horas del día. Era muy hábil en el juego gracias a su mente aguda. Era tan inteligente que podía ganarse fácilmente su sustento y algo en Cheyenne, si no la violaban o mataban primero.

La observé durante unos minutos, dejando que la gente pasara por la acera, el sonido de los carros y los caballos quedaron silenciados detrás de mí. Mi atención se centraba únicamente en Dalia, en su espalda recta, en sus pequeñas manos, en sus modales, y cuando giró la cabeza hacia un lado, pude ver que observaba a los demás jugadores con una expresión muy blanda. Fue esa expresión la que fue como una patada en mis pantalones. Era excepcional mintiendo. Era excepcional fanfarroneando. Aunque no había duda de que se corrió cuando la follé —no podía fingir la forma en que su vagina me apretaba el pene o la forma en que goteaba con su deseo— era una mentirosa consumada. ¿Cuánto tiempo había planeado dejarme? ¿Desde que dejamos el rancho o desde que llegamos a la ciudad?

Pensé en el dinero que había ganado. Había dicho sesenta y cinco dólares. Eso le daría acceso a cualquier juego de la ciudad. Eso significaba que lo había traído con ella, que lo había planeado desde el principio. Me levanté de la pared y atravesé las puertas dobles de la cantina. Había mucha gente a primera hora de la tarde, se jugaban varias mesas de cartas y los hombres se alineaban en el bar con whisky en mano. Me puse de pie entre ellos y ordené un trago por mi cuenta, observando a Dalia desde un punto de vista más cercano. Tenía algo de dinero por delante, pero también lo tenían los demás. Aún era temprano. Para ganar todo el dinero de los hombres, estaría abocada al juego el resto del día.

Fue después de que bebí el whisky cuando vi al hombre que estaba sentado a un lado. Mientras que muchos de los hombres tenían los ojos puestos en Dalia, este me resultaba familiar. Yo lo conocía. Me llevó un minuto reconocerlo. En Carver Junction jugaba a las cartas con Dalia cuando llegué a la cantina. Había sido testigo de nuestra boda apresurada.

Presa de la furia, estaba rabioso. Una neblina de rabia y enfado me hizo querer rayar el trasero de mi esposa con un cinturón. Eran compañeros y ella no me lo había dicho. Demonios. ¿La había seguido hasta aquí o la había estado esperando? Nunca había estado tan furioso en mi vida. Quería ir y arrancarle miembro por miembro al hombre. Quería confrontar a Dalia, hacer que admitiera sus conspiraciones. Le hice señas al camarero para que me sirviera otro trago y lo tragué fácilmente. El licor barato se asentó en mi vientre y no hizo nada para aliviar el enojo o el dolor de su engaño.

Me tomó dos manos observar que algunos matices de Dalia eran diferentes. Normalmente sonreía y ofrecía un comportamiento relajado con los hombres. Casi hipnotizó a los hombres de Carver Junction. ¿Qué hombre podría negare a jugar con una mujer bonita a la que le gustaba coquetear y sonreír tímidamente? Dalia no estaba haciendo eso. No había relajado su postura, ni siquiera había levantado la comisura de la boca. Era metódica, casi clínica en cuanto a su forma de jugar. Aunque había juntado monedas y billetes en la pila que crecía delante de ella, no se veía contenta con ello. El hombre de Carver Junction, sin embargo, lo estaba. Estaba inquieto y nervioso —golpeaba su pie constantemente en el suelo sucio— y visiblemente aliviado con cada mano que Dalia ganaba.

Me moví a lo largo de la barra para poder ver más de cerca su rostro. Me tomó un instante, solo una vista rápida de su perfil para saber que algo no estaba bien. Dalia estaba pálida, sus labios casi sin sangre. Para los hombres, ella probablemente se veía perfecta con su cabello bien metido en un bollo, su vestido bien arreglado y pulcro. Era hermosa. Pero cuando le tocó el turno de barajar, sus dedos, por lo general hábiles, le fallaron en las cartas. Podía ver fácilmente cómo le temblaban las manos mientras repartía.

No había duda de que estaba en la cantina y jugando a las cartas con el hombre de Carver Junction, pero definitivamente no estaba *con* el hombre. La única vez que él se inclinó hacia adelante y habló con ella, se puso rígida y sus dedos temblaron aún más. Algo no estaba bien. Diablos, algo andaba jodidamente *mal*. Dalia estaba en problemas. La última vez que la descubrí jugando a las cartas, me casé con ella. Tuve una muy buena idea de lo que iba a hacer con ella esta vez... una vez que le sacara la verdad.

DALIA

. . .

Estaba ganando, pero no tenía el celo por el juego que había tenido antes. La vida de Garrison dependía de ello, pero podía sentir al señor Crumb —me había dicho su nombre— a un lado. Su tensión era palpable. Pero no fue su agitación o nerviosismo lo que hizo que se me salieran los pelos de la nuca.

Había algo, una sensación de... alguien que me hizo girar la cabeza.

¡Garrison! ¡Estaba aquí! Oh, Dios. Estaba aquí. Mis ojos brillaron al verlo. Era tan alto, tan grande, tan guapo. Tan mío. Sacudí un poco la cabeza. No. Ya no era mío. La evidencia de mi engaño era abrumadora. Yo estaba en una cantina jugando al póquer. Encontró mi nota, el anillo y ahora me encontró a mí.

—Me uniré a la siguiente ronda —dijo como forma de saludar, acercando una silla a la mesa. Dos de los hombres se acercaron para darle espacio. Por el rabillo del ojo vi al señor Crumb ponerse tieso y de pie. Afortunadamente, no era mi turno de repartir, porque ya había metido la pata bastante la última vez. Apenas podía sostener las cartas que me habían dado sin que me temblaran las manos. El primer partido con Garrison fue sin problemas, el hombre a mi derecha ganaba. Yo conocía a Garrison. Podría vencerme, podría vencer a todos estos hombres. Simplemente no iba a hacerlo de primera mano.

Una vez que se repartieron las cartas de la segunda mano, habló.

—Me resultas familiar —me dijo.

Me lamí los labios, sin estar segura de sus intenciones.

—¿Ah? —susurré—. Dos cartas, por favor.

El hombre a mi izquierda me dio las cartas nuevas.

—¿Cómo te llamas? —preguntó—. Tal vez eso ayude a mi memoria.

—Opal —le contesté, viendo sus ojos oscuros—. Opal Banks.

Su mandíbula se apretó y negó con la cabeza.

—No, debo estar equivocado. Estaba buscando a una mujer llamada Dalia Lee.

Un bulto del tamaño de un trozo de carbón se alojó en mi garganta y tenía miedo de llorar. Garrison no estaba jugando. No quería a la mujer que yo había fingido ser durante tanto tiempo. Dijo que podía ver mi verdadero yo, que podía ver más allá de todas mis payasadas. ¿Podría ver más de mí ahora? Vino aquí por su esposa, para encontrar a la mujer que dijo que amaba.

Había dicho las palabras *te amo*. Dijo que me amaba desde siempre. Pero yo nunca se lo dije. Nunca. Estaba tan concentrada en esconder mi dolor, en esconder mi miedo de amar a alguien y que luego me abandonara. Pero yo le había hecho justamente eso. Garrison nunca se había dado por vencido conmigo, incluso me pidió que me casara con él más de una vez. Me habló de su amor, incluso me lo mostró. Estaba tan atrapada en mi sueño de vivir en la gran ciudad —de huir— que no presté atención a lo que tuve justo frente a mi rostro todo el tiempo.

Tenía dos madres adoptivas que habían creado un ambiente de amor y seguridad para que ocho niñas asustadas prosperaran. Tenía hermanas que me molestaban y se quejaban, pero nos unía algo más cercano que la sangre. Amor.

Luego estaba Garrison. Había sido mi roca, mi fuerza y me conocía. Conocía a la verdadera Dalia Lenox Lee, no a Opal Banks. No a la mujer perdida y motivada que no vio que esas luchas eran en vano porque lo que buscaba había estado frente a sí todo el tiempo. Desde que Garrison me metió esa bola de nieve en la parte de atrás de mi abrigo, había estado allí.

Y él estaba aquí ahora.

Miré al señor Crumb por encima del hombro y no estaba contento. ¿Le dispararía a Garrison aquí y ahora y terminaría con esto? Con un solo disparo, su deuda sería pagada y su esposa liberada. Me paré abruptamente, mi silla se arrastró por el suelo y luego se cayó. Los otros hombres, aunque ásperos y sórdidos, también se pusieron de pie. Garrison era unos cuantos centímetros más alto que cualquiera de ellos, sus ojos se entrecerraron, sus hombros se pusieron tensos.

Me giré y enfrenté al señor Crumb.

—No le hagas daño. Te conseguiré el dinero, pero no dispares.

Escuché una fuerte pisada y luego un duro tirón en el hombro me hizo retroceder. En un abrir y cerrar de ojos, quedé detrás de la espalda de Garrison. Ni siquiera pude ver al señor Crumb hasta que puse mi cabeza alrededor del brazo de Garrison, pero me empujó hacia atrás una vez más.

—¿Qué demonios está pasando? —gruñó Garrison.

—Solo jugamos a las cartas —contestó el señor Crumb con la voz llena de nerviosismo.

—Si vas a dispararme, quiero a la *señorita Banks* en un lugar seguro primero.

—¡No! —grité, empujando el brazo de Garrison que me estaba reteniendo.

Al mencionar la palabra "disparo", los otros hombres del juego retrocedieron.

—Mira. Solo necesito dinero.

La mano de Garrison se aferró mi brazo.

—¿Cuánto?

—Cien dólares.

Garrison metió la mano en su bolsillo, sacó algunos billetes, agarró el dinero que estaba en la mesa donde yo había estado sentada y se lo entregó al hombre.

—Ahí. Toma el maldito dinero. ¿Terminaste con mi esposa ahora?

Pude inclinarme y ver al señor Crumb. Sudaba, pero cogió el dinero que Garrison le había dado con fuerza. Asintió y dio un paso atrás.

—Debería matarte por esto —murmuró Garrison.

—¡No, no lo hagas! —grité.

Garrison volvió sus fríos y entrecerrados ojos hacia mí. Di un paso atrás, pero él se acercó y me cogió el brazo de nuevo.

—¿Por qué? ¿Lo amas?

Oh, Dios, lastimé a Garrison tan profundamente que pensó que amaba a otro. Dudaba de mi amor por él porque nunca se lo había dicho.

—¡No! No, yo te amo *a ti*. —Mis ojos se llenaron de lágrimas—. Unos hombres tienen atrapada a su esposa.

Garrison miró al señor Crumb.

—¿Entonces usas a mi esposa para salvar a la tuya? —Se movió rápidamente y golpeó al hombre en la cara.

—¡Garrison! —Sacudí la cabeza y lo sujeté, hice que se volviera hacia mí—. ¡No! Me usó para salvarte *a ti*.

Frunció el ceño.

—¿A mí?

—Tengo una deuda por una apuesta —dijo el señor Crumb, con una mano sobre su nariz. La sangre brotaba de sus dedos—. Una deuda que podría pagarse si te mato. Para asegurarme de cumplir con mi parte del trato, han amenazado a mi esposa. Si no te mato o devuelvo el dinero, matarán a mi esposa. No soy un asesino y no quiero sangre en mis manos. Vi a tu esposa. Es buena en el póquer. Ella podía recuperar el dinero más rápido que yo. No tendrías que morir y yo podía salvar a mi esposa.

—Debería matarte por usar a mi mujer así. —Garrison dio un paso más cerca. Esta vez, el hombre se mantuvo firme, estaba listo para tomar cualquier cosa que Garrison impusiera.

—¿Hasta dónde llegarías para salvar a tu esposa? —preguntó el señor Crumb, su voz ahora áspera por la emoción.

Garrison se quedó callado durante un minuto considerándolo.

—¿Quién es? Quiero saber quién es el imbécil que retiene a una mujer como garantía.

—Pringle.

Lo recordaba del restaurante en Carver Junction.

—Ahora tienes tu dinero —le dije al señor Crumb—. Se acabó.

Garrison negó con la cabeza.

—No ha acabado. Pringle me quiere muerto. Si no lo hace él... —Señaló al señor Crumb con la barbilla— ...alguien más lo hará. En cuanto a ti, lárgate de mi vista. Si te vuelvo a ver, incluso caminando por la calle, te mataré por usar a mi esposa en un plan así.

El hombre asintió y se fue, sus pasos retumbaron en una retirada rápida.

Garrison me miró.

—Ahora, caramelo, parece que tenemos algunos asuntos pendientes. Quiero saber si voy a arrastrar a Opal Banks o a Dalia Lee de vuelta a la habitación del hotel para azotar y follar.

10

ARRISON

—Desnúdate.

Mis palabras hicieron que Dalia diera vueltas para mirarme. Estábamos de regreso en la habitación del hotel, solos. La amenaza que ese bastardo de Crumb puso sobre mi esposa se había ido. Tenía su dinero y podía volver a Pringle y, con suerte, salir de la ciudad. Si fuera listo, tomaría a su esposa y empezaría una nueva vida... muy, muy lejos de una cantina.

Él no era mi problema. La mujer delante de mí, *mi esposa*, definitivamente lo era.

—Garrison —protestó.

—Desnúdate —repetí con voz grave. Ella conocía ese tono, sabía que hablaba en serio y necesitaba obedecer.

Con dedos temblorosos, desabrochó los botones de su vestido mientras yo la miraba. La observé en silencio y con una furia que ardía a fuego lento hasta que quedó completamente desnuda. Me moví para sentarme a un lado de la cama.

—Sobre mi regazo —ordené.

Con miedo en sus ojos, hizo lo que le pedí, colocándose de manera que sus manos quedaran en el suelo junto a su cabeza, con los dedos de sus pies tocándose por el otro lado.

Cuando pasé la palma de mi mano por encima de una exuberante curva de su trasero, se puso rígida.

—¿Jugaste o no al póquer cuando te dije expresamente que no lo hicieras?

—Garrison, yo...

Azote.

—Es una respuesta por sí o por no, Dalia.

Se movió nerviosamente porque no estaba siendo gentil.

—Sí.

Le di un azote una vez, dos veces más. La huella de mi mano se marcó rápidamente con un color rosa muy brillante en tres puntos separados de su trasero.

—¿Te fuiste con un hombre, un *extraño*, que te amenazó en vez de acudir a mí?

—¡Él iba a matarte!

Azote.

—Esa era otra respuesta por sí o por no.

—¡Sí!

La azoté de nuevo varias veces en una rápida sucesión. Jadeó cada vez, pero al final se liberó con un sollozo. Sentí su cuerpo temblar mientras lloraba. Esto era lo que quería, llegar a la verdadera Dalia, ver sus emociones reales.

—¿Tienes idea de lo que pensé cuando vi tu nota? ¿Tu anillo?

—Sí —gritó.

Le di unos azotes otra vez, y luego otra vez. Tan solo tenerla en mi regazo sabiendo que estaba a salvo me hizo darle un azote una vez más.

—¿Qué pensé, Dalia?

—Que te dejé. Pensaste que no te quería.

Coloqué mi mano sobre su carne caliente y se puso rígida, luego se relajó. Sujetándola de las caderas, la levanté para que se pusiera de pie frente a mí, entre mis piernas abiertas. Sus ojos llorosos quedaron a la altura de los míos, sus senos presionando mi camisa.

—Te amo, Garrison. Siento no haberlo dicho antes, pero te amo. Siempre te he amado. Sabía que pensarías lo peor, que me odiarías, pero preferiría que estuvieras vivo y enfadado antes que muerto.

Había anhelado escucharla decir esas palabras y en este momento, no dudé de ellas.

—Eres la mujer más irracional, ilógica y descabellada que he conocido.

Las lágrimas caían por sus mejillas y bajó la mirada. Le levanté la barbilla.

—Pero también eres la más valiente y la más cariñosa.

Sus ojos se abrieron de par en par al asimilar mis palabras.

—Pensé que me habías dejado, como lo hizo mi madre, que elegiste la vida de ciudad en vez de a mí. En lugar de huir, mi madre se suicidó.

Sus bonitos labios rosados se separaron. Era demasiado joven para recordar a mi madre, pero conocía a mi padre. Conocía al hombre amargado y miserable en que se convirtió después de su muerte.

—Garrison, yo... Dios, ¡lo siento mucho!

La atraje hacia mi hombro y le permití llorar, mi camisa se humedeció rápidamente con sus lágrimas. Cuando finalmente cesaron, la empujé hacia atrás para poder mirarla.

—¿Por qué no acudiste a mí?

—¡Porque iba a matarte!

—Tu protección es muy atractiva, pero puedo mantenernos a salvo a ambos de gente como Crumb.

—Ya se acabó —contestó ella.

Negué con la cabeza.

—Ese hombre estaba como tú, desesperado por proteger a un ser querido, pero sin pensar con claridad. Tuvo suerte de que no lo matara por lo que te hizo.

—No me hizo daño, Garrison. Ni siquiera me tocó.

Eso era irrelevante.

—¿Qué hombre obliga a una mujer para hacer un trabajo sucio? ¿Qué hombre obliga a una mujer a dejar a su esposo? Solo porque esté a quince kilómetros de Cheyenne no significa que el peligro no haya terminado. Si Pringle me quiere muerto, seguirá intentándolo.

—Yo... no pensé en eso —contestó ella con voz llena de preocupación—. ¿Qué vamos a hacer?

—*Nosotros* no vamos a hacer nada. Yo me encargaré de ello, de Pringle, cuando lleguemos a casa. ¿Confías en mí para hacerlo?

—Sí, Garrison.

—Bien. Ahora dime, ¿por qué demonios dejaste tu anillo?

Bajó la mirada, se lamió los labios y luego me miró a los ojos. Sus ojos tenían una mirada cautelosa.

—Tú no querías que jugara más al póquer. Sabía que pensarías que te dejé, que elegí a Cheyenne antes que a ti. El póquer y las apuestas por ti. Sabía que ya no me querrías.

La volteé sobre mis piernas, colocándola en la misma posición que tenía antes para darle azotes en el trasero.

—¡Garrison, no! ¡Por favor, dije que lo sentía!

Su trasero seguía rojo y probablemente le dolía. Cuando cubrí su piel caliente, se estremeció de nuevo, pero no le di un azote. En vez de eso, le separé las piernas con el pie y metí la mano en el medio para cubrir su vagina. Estaba tan caliente como su trasero, pero mojada. Siseó un poco al contacto.

—No voy a darte un azote, caramelo. Te voy a follar. Te voy a follar hasta que sepas que siempre te querré, que nunca te dejaré. Nunca me rendiré contigo. Como no lo sabes hasta ahora, después de todas las veces que te he tomado desde Carver Junction, tendré que aumentar mi atención.

Froté sus pliegues resbaladizos, me sumergí en su vagina con dos dedos y la sentí húmeda y cremosa con mi semen de la noche anterior. Mi semen permanecía dentro, incluso después de todas estas horas. Tras alcanzar el fondo, dejé que los dedos salieran e hice círculos en su clítoris antes de moverme hacia su bonito y pequeño culo. La abertura se apretó mientras la humedecía con su esencia.

—¡Garrison! —gritó, con sus caderas moviéndose y elevándose hacia mis dedos.

Entonces le di unos azotes y un golpe ligero para que se quedara quieta.

—Eres mía, Dalia. Tu vagina, tu boca, tu trasero.

Debido a que jugaba con ella allí, llenándola con tapones de varios tamaños, se abrió fácilmente para mí, primero un dedo y luego dos, apretándome y aceptándome más allá de lo que imaginaba. Mi polla latía contra su vientre, lista para tomar el lugar de mis dedos.

—Oh, Dios, ¡estoy tan llena! —gimió, con su cuerpo ahora flexible sobre mis muslos como si se hubiera entregado a mí para hacer lo que deseara.

—Todavía no, caramelo, pero pronto.

Seguí follándola con los dedos, abriéndola. Me acerqué y agarré el pequeño frasco de lubricante que usé con los tapones y le metí un poco. Mis dedos entraron más y más profundo hasta que un sonido de humedad junto con sus gritos de placer llenaron la habitación. Su vagina estaba mojada, tan mojada que goteaba por sus muslos y sobre mis pantalones. Podía ver cada centímetro perfecto de su culo estirado, su vagina rosada, su pequeño y duro clítoris.

—Todavía no te he afeitado. Después de que reclame tu trasero, dejaré tu vagina desnuda. Eres mía, caramelo, para tenerte y usarte como quiera, y te va a encantar.

—¡Sí! —jadeó.

Con mis dedos aún en lo profundo de su entrada trasera, la volví a poner de pie, pero mirando hacia otro lado. Con una mano en su espalda, la empujé un poco hacia adelante para poder seguir estimulándola, pues su anillo de músculos continuaba contrayéndose y apretando. Sabía que iba a estar tan apretada que no iba a durar mucho una vez que estuviera dentro hasta las pelotas. Desde esta posición, vi cómo sus senos se balanceaban, sus pezones se tensaban.

Con mi mano libre, me abrí los pantalones y liberé mi pene. Le saqué mis dedos cuidadosamente, tomé más lubricante y me cubrí el pene. Dalia empezó a darse la vuelta, pero la mantuve con una mano en la cadera y con mi voz.

—No te des la vuelta. Siéntate en mi regazo. —La tiré hacia atrás de nuevo y hacia abajo, sus muslos sobre los míos. Sostuve mi pene en una mano y lo moví, lo moví para que se alineara perfectamente con su trasero. Se había cerrado fuertemente una vez más, pero cuando la atraje hacia mí, mi cabeza ancha presionó contra la apretada abertura.

—Presiona hacia atrás, caramelo. Tengo la vista perfecta de ti follándote a ti misma sobre mi pene. Respira profundamente, suéltalo y empuja hacia atrás. Buena chica. Oh, mira cómo te estás estirando con la gran cabeza de mi polla.

Gimió mientras la ayudaba a bajar, usando mi mano para atraerla hacia mí. Esa piel pálida se estiró cada vez más y más hasta que de repente la atravesé. Ver la parte superior de mi pene incrustado dentro de ella fue una visión tan erótica que casi me corro. La sensación de que me apretara y tratara de expulsarme tenía mis pelotas contrayéndose. Ambos estábamos jadeando, la piel de Dalia estaba llena de sudor. Hice círculos alrededor de mi pene en la carne tierna, suavizándola, agregándole lubricante mientras empujaba mis caderas hacia arriba solo un poco para que tomara un más de mí.

—Eso es, caramelo. ¿Sientes eso? Es hora de que me tomes dentro de ti. Es tu trabajo llenar tu culo con mi pene. Siéntate por completo. Pon tus muslos sobre los míos y entraré hasta el final. Sí, buena chica. Más. Ahora retrocede un poco, bien, ahora baja. Oh, sí. Dios, eso es tan bueno.

No iba a durar. Estaba tan ajustada, tan perfecta que podía sentir el hormigueo de mi placer en la base de mi columna vertebral. Lento pero seguro, me tomó hasta el final hasta que hizo lo que le había ordenado y se sentó en mi regazo, muslo sobre muslo.

El sudor goteaba de mi frente y apreté los dientes ante la intensa necesidad de penetrar, follarla y tomarla fuerte.

—Ahora, móntame.

—Garrison, esto es, estoy... ¡ah! —El gemido que se le escapó vino de lo profundo de su pecho, un sonido primitivo que me hizo sujetar su cadera.

—Muévete, Dalia. Córrete, porque vas a hacer que te llene con mi semen.

Comenzó a levantarse y bajarse, y conoció la decadencia oscura de una buena follada en el culo. Sus pezones se tensaron y su piel se puso rosada cuando empezó a montarme, sus senos rebotaban con sus movimientos.

No iba a durar, así que busqué y estimulé su clítoris con fuerza. Empezó a gritar, fueron pequeños gemidos al principio y luego más fuertes y más profundos cuando le pellizqué el clítoris entre dos dedos, enviándola al límite. Gritó tan fuerte que me preocupé —aun con mi cerebro lleno de lujuria— de que alguien golpeara la puerta y se quejara. Su culo se apretó sobre mi pene tan fuerte que me rendí, la necesidad de correrme era tan grande que yo también grité. El placer me atravesó como un cuchillo, casi cegándome en su intensidad. Me corrí con chorros espesos de semen que se dispararon en su culo, llenándola.

Cuando su propio placer disminuyó, cuando sus músculos dejaron de estrangularme, cuando se hundió por completo sobre mí y su cabeza cayó hacia adelante, la levanté cuidadosamente y mi polla se deslizó con un estallido sonoro. Mi semen se derramó inmediatamente después. Le acaricié la espalda, le besé las pequeñas protuberancias de la columna vertebral antes de levantarla y acostarla en la cama.

Estaba suave y flexible... y silenciosa. Parecía que la única forma en la que podía lograr que se sometiera por completo era follándola y haciéndolo bien. Por su aspecto sonrojado, sudoroso y débil, estaba muy satisfecha, la follada por el culo era algo que le gustaba. Demonios, sí que había gritado.

Fui hasta el lavabo, mojé una toalla y limpié mi pene en su totalidad. Con satisfacción por lo bien follada, me miró. Solo tenía abierto mis pantalones lo necesario para liberar mi polla; de lo contrario, estaba completamente vestido. Después de lavarme, me quité la ropa, mojé una segunda toalla y me subí a la cama. Sujeté uno de sus tobillos, le abrí las piernas y también la limpié, haciéndolo lenta y suavemente. Me incliné y besé su lado con cicatrices, y luego vi sus ojos. Le acaricié el clítoris con la toalla.

—¿De quién es esta vagina?

—Tuya —susurró con su espalda arqueándose.

—¿Y quién soy yo? —No la miré a los ojos, sino que me concentré en su vagina fijamente.

—Mi esposo.

Dando un paso atrás, tomé mi afeitadora y otros suministros y una toalla limpia para afeitarla. No cerró las piernas, el follar le quitó la modestia por completo.

—Es correcto. Soy tu esposo. Yo soy el que te folla. Yo soy el que te protege. Yo soy el que te da tu placer o azota tu trasero. Yo soy el que te ama.

11

ALIA

Nuestro viaje a casa fue diferente. *Yo* era diferente. Aunque me preocupaba el señor Pringle y su plan para hacerle daño a Garrison, tenía que confiar en que él se ocuparía del problema. Ya no soñaba con mudarme a la ciudad. Solo quería estar con Garrison, porque donde él estuviera, ahí pertenecía yo. Me di cuenta de que no debí haber estado buscando otra vida, porque solo había estado esperando por Garrison. Estuve a la deriva y perdida hasta que se casó conmigo. Me encantaba que fuera mandón y exigente. Una vez que le cedí mi control, lo dejé ser el hombre que amaba, encontré una felicidad que nunca antes había conocido. Ni siquiera era contraria a él, excepto cuando quería unos azotes.

Garrison también estaba más relajado, quizás porque había renunciado al miedo de que eligiera Cheyenne por encima de él. Con esto, se volvió más imponente, más controlador... y me encantaba. Aunque elegía mi propia ropa, él seguía siendo inflexible en cuanto a no permitir que usara bragas. Todas las mañanas separaba mis piernas e inspeccionaba mi coño, asegurándose de que estuviera completamente libre de cualquier vello, ya que a ambos nos encantaba la sensibilidad de mi piel de esa manera. También deslizaba un dedo dentro de mí, en mi vagina o en mi culo o en ambos, para cerciorarse de que tuviera su semen dentro. Eso siempre lo ponía duro y siempre me tomaba de nuevo.

Este era el tipo de control que saboreaba y al que me sometía voluntariamente. Si hubiera sabido que me sometería a Garrison antes de casarme con él, probablemente habría huido a Cheyenne por mi cuenta. Pero ahora, cabalgando en la carreta en el último tramo de nuestro viaje, con nuestro nuevo caballo atado en la parte trasera, me deleité en su mando.

—Levántate la falda y muéstrame *mi* vagina.

Sentada frente a él, hice lo que me pidió, tirando del dobladillo largo hasta mi cintura. Sabía lo que vendría después, porque no era la primera vez que me exigía esto. Me deslicé más abajo en mi asiento y puse mis pies en sus rodillas. Él las separó, para presentarme ante su mirada. Me mordí el labio y esperé su próxima instrucción.

—¿Quién iba a decir que serías tan complaciente? —preguntó con una ceja arqueada. Sonrió y mi aliento quedó atrapado en mi garganta al verlo. Tan guapo, tan viril y tan... mío.

Sacó un tapón de su bolsillo. Mi cuerpo se calentó y se ablandó sabiendo que lo había puesto ahí solo para este momento. Cuando me entrenaba el culo para que tomara su polla hasta el fondo, no sabía lo que sería tenerla en lo más profundo de mí. Ahora lo sabía y mi coño goteaba en anticipación por tan solo jugar. Sabía que un tapón siempre era el precursor de una buena follada por el culo.

—Puedo ver que mi semen todavía gotea de tu vagina. O era demasiado copioso o te tomé demasiadas veces anoche.

Negué con la cabeza.

—Ninguna de los dos. Me encanta sentirte dentro de mí, en mis muslos.

Gruñó y me dio el tapón.

—Ponlo bien pegajoso con todo ese semen, y luego métalo en tu culo apretado. Cabalgarás así el resto del camino para que pueda ver lo hermosa que eres.

—¿Cuánto tiempo permanecerá el tapón esta vez? —le pregunté.

Inclinó la cabeza a un lado.

—¿Necesitas que te folle el culo ahora, caramelo? —preguntó—. ¡Eres tan insaciable!

Me metí el objeto duro en la vagina, poniéndolo bien resbaladizo antes de moverlo más abajo, hasta mi trasero. Me encantaba la sensación de que me abriera el culo, con Garrison en lo profundo dentro de mí. No tenía ni idea de que encontraría tanto placer en ello, que me gustaba la pizca de dolor que lo acompañaba. Garrison siempre lo supo.

—Deberíamos llegar a la ciudad en unos diez minutos más y luego iremos al rancho, donde lo sacaré. —No íbamos a ir a casa. Íbamos al Rancho Lenox donde yo me quedaría con mi familia mientras Garrison se ocupaba del señor Pringle. Antes me habría quejado hasta el cansancio, pero ya no más.

—Te dejaré decidir si quieres que llene esa vagina dulce y trabaje en ese bebé que me vas a dar o si quieres mi polla dentro de tu codicioso culo.

Habían pasado casi cuatro semanas desde nuestra boda y no había llegado mi menstruación. Sabía por tan solo ese hecho que probablemente estuviera embarazada, por la forma en que mis senos se habían agrandado y porque los pezones estaban más sensibles que nunca, que el semen de Garrison era muy potente y había echado raíces.

———

La señorita Trudy obligó a Garrison a quedarse a cenar antes de salir a buscar al señor Pringle. Antes de que se fuera, lo arrastré a mi antigua habitación y me incliné en la cama. Mientras cerraba la puerta detrás de nosotros, Garrison miraba ávidamente cómo me levantaba la falda para revelar mi vagina y el final del tapón. Moví mi trasero de un lado a otro y lo miré por encima de mi hombro. Esta era una posición familiar para mí, pues Garrison a menudo me indicaba que hiciera esto en las diferentes habitaciones de hotel en las que nos habíamos quedado en el viaje de regreso a casa. A menudo me follaba, otras veces me daba placer con sus dedos, otras veces solo apreciaba la vista y luego me bajaba la falda. Esta era la primera vez, sin embargo, que yo asumía esta posición sin que me lo pidiera.

Ya estaba desabrochándose la cremallera de sus pantalones y sacando su polla.

—Lo he decidido. Quiero las dos cosas —murmuré.

Dio un paso más cerca mientras se acariciaba a sí mismo.

—¿Ah? —contestó, mirando mi coño y mi culo expuestos.

—Quiero que me folles la vagina mientras el tapón esté adentro.

Tiró del tapón y luego acarició mi vagina ya húmeda.

—¿Lo quieres bien ajustado?

Asentí y me lamí los labios.

Se acercó aún más y alineó su polla. Yo estaba más que lista para él. Estaba ansiosa por él desde que estábamos en la carreta.

Afortunadamente, no nos hizo sufrir a ninguno de los dos y se deslizó hasta el fondo de un solo golpe.

—Desabróchate la blusa y saca tus senos.

Mientras sostenía mis caderas con su pene profundamente incrustado en mí, rápidamente hice lo que me pidió, me quité la blusa por completo y luego tiré de mi corsé. Levanté y saqué mis senos, pero todavía seguían cubiertos por mi camisa.

Garrison tomó una cinta delgada en mi espalda y la rompió, luego la otra para que la tela cayera en la cama, debajo de mí, y quedara con los senos al descubierto. Se acercó y los cubrió con sus grandes palmas. Jadeé y luego me mordí el labio para mantenerme en silencio.

Finalmente, ¡finalmente! comenzó a moverse hacia adentro y afuera, mientras que el tapón hacía todo más ajustado. Me folló tan silenciosamente como era posible y empujé mis caderas hacia atrás para encontrarme con él. Tiró del tapón y lo soltó, lo que hizo que me corriera caliente y duro, con sorpresa. Fue rápido, pero no menos intenso.

—Buena chica —canturreó—. Estos senos, caramelo, están creciendo. Tus pezones están más sensibles. Todo en ti es más sensible. Tus senos van a estar llenos de leche y tu vientre redondo.

Se salió de mi vagina y gemí. Se deslizó hacia arriba hasta mi entrada trasera. No se detuvo, sino que se metió lentamente, pero con facilidad.

—Ríndete, caramelo. Ábrete para mí. Sí, justo así. Ya no necesito poner mi semen en *mi* vagina, ¿no es así?

Negué con la cabeza mientras respiraba profundamente, moviendo mis caderas mientras reclamaba mi trasero lentamente.

—Voy a buscar a Pringle y lo alejaré de nosotros. Volveré por ti y el bebé muy pronto. Ahora, empuja hacia atrás y folla mi polla. Hazme correr para que pueda irme y regresar pronto contigo. Estarás llena con mi bebé en tu vientre y con mi semen en tu trasero.

Tiró de mis pezones y me apreté sobre él. Garrison estaba tan ansioso como yo, porque se vino rápidamente y yo lo seguí justo después.

Tal vez fue el bebé o el largo viaje o que era tarde en la noche, pero el cansancio no me permitió salir de mi cama. Me metió bajo las sábanas y me besó.

—Duerme, Dalia. Duerme y volveré contigo pronto.

Me dormí sabiendo que él había llenado mi cuerpo y mi corazón.

GARRISON

Se sintió extraño quitarme los zapatos en la puerta trasera de la casa de las Lenox y caminar de puntillas en la oscuridad y en la tranquilidad hasta la habitación de Dalia. Sentía como si la señorita Esther fuera a salir al pasillo en cualquier momento con la escopeta apuntada y cargada. Ni ella ni su arma aparecieron cuando me escabullí a la habitación de Dalia, entré y cerré la puerta detrás de mí. Yo era su esposo y aquí era donde pertenecía.

Encontrar a Pringle fue más fácil de lo que esperaba. El alguacil había estado persiguiendo al hombre por crímenes que no tenían nada que ver con su interés en mi muerte. El agente estuvo más que feliz de llevarme hasta él en una cantina, no en Carver Junction, sino al otro lado del pueblo. Fue arrestado sin mucho esfuerzo y esperaría al juez de circuito. No hubo disparos, ni derramamiento de sangre. Fue sorprendentemente aburrido y fácil. Me habían dado la oportunidad de romperle la nariz al hombre antes de regresar al Rancho Lenox y eso alivió un poco mi enojo.

Había hecho falta una mujer salvaje, fácilmente domable por mi polla, para que pudiera ver mi futuro claramente. No se trataba de arreglar los errores de mi padre. No se trataba sobre preguntarme por qué no era lo suficientemente bueno para que mi madre siguiera viva. Se trataba de Dalia y ahora de nuestro bebé.

Durante una semana sospeché que mi semen había echado raíces, pero no sabía cómo Dalia tomaría las noticias, o si estaba consciente de las diferencias en su cuerpo. Yo lo sabía. Conocía cada centímetro de ella, y si sus pezones estaban extra sensibles, no me lo perdería. Solo usaría ese delicioso beneficio a mi favor para domarla.

Desde Cheyenne, Dalia también había cambiado. Realmente no necesitaba tanto ser domada, porque se sometía fácil y felizmente a cada una de mis demandas. Si quería que me chupara la polla en la carreta, lo haría y se lamería los labios felizmente cuando terminara. Si quería atarla a la cama y tomarme mi tiempo para comer su dulce coño, ciertamente no se quejaría. Cuando la presioné contra la ventana del hotel en Buffalo, en el Territorio de Wyoming, y la follé allí, donde cualquiera que pasara podría haber visto su cuerpo perfecto, ella solo gritó su placer.

Su apetito sexual era tan insaciable como el mío y el bebé que crecía dentro de ella era una indicación muy evidente. Pasaría el resto de mi vida demostrándole, bien sea protegiéndola de hombres como Pringle o plantando un bebé en su vientre, que la amaba más que a nada. Más que a mi rancho. Más que al Territorio de Montana.

Me quité la ropa y me metí a su lado en la cama

estrecha, atrayéndola hacia mí, de modo que nos acurrucamos juntos como dos cucharas en una gaveta.

—¿Garrison? —murmuró adormecida.

—Shh, estoy aquí. Vuelve a dormir.

—¿Está todo bien?

Mi mano cubrió su seno, notablemente más grande en mi mano, luego se deslizó por encima de su vientre todavía plano y por encima de su montículo caliente.

—Todo está bien.

—¿Y Pringle? —preguntó.

—Ya está todo arreglado. No tienes que preocuparte por nada más que por hacer crecer este bebé y complacer mi pene.

Se dio la vuelta y se enfrentó a mí. Con la luz de la luna que entraba por la ventana, solo pude ver su rostro. Cuando su mano pasó sobre mi vientre, me di cuenta de que no tenía tanto sueño como pensaba. Su mano sujetó mi pene y este se endureció instantáneamente.

—Ya estoy haciendo crecer el bebé, así que, ¿cómo puedo complacer tu pene?

Me encantaba la suavidad de su voz, el apretón de su pequeña mano, la presión de sus senos contra mi pecho. Estaba exactamente donde quería estar. Bueno, casi, porque un minuto más tarde, cuando me deslicé en su calor resbaladizo, supe que estaba realmente en casa.

¡RECIBE UN LIBRO GRATIS!

Únete a mi lista de correo electrónico para ser el primero en saber de las nuevas publicaciones, libros gratis, precios especiales y otros premios de la autora.

http://vanessavaleauthor.com/v/ed

ACERCA DE LA AUTORA

Vanessa Vale es la autora más cotizada de *USA Today*, con más de 60 libros y novelas románticas sensuales, incluyendo su popular serie romántica "Bridgewater" y otros romances que involucran chicos malos sin remordimientos, que no solo se enamoran, sino que lo hacen profundamente. Cuando no escribe, Vanessa saborea las locuras de criar dos niños y averiguando cuántos almuerzos se pueden preparar en una olla a presión. A pesar de no ser muy buena con las redes sociales como lo es con sus hijos, adora interactuar con sus lectores.

Facebook: https://www.facebook.com/vanessavaleauthor
Instagram: https://www.instagram.com/vanessa_vale_author

www.ingramcontent.com/pod-product-compliance
Lightning Source LLC
LaVergne TN
LVHW011835060526
838200LV00053B/4029